从尊敬一事无成的自己开始

闫红 著

人民文学出版社

图书在版编目（CIP）数据

从尊敬一事无成的自己开始/闫红著．—北京：人民文学出版社，2016
ISBN 978-7-02-012027-7

Ⅰ．①从… Ⅱ.①闫… Ⅲ.①散文集—中国—当代 Ⅳ.①I267

中国版本图书馆CIP数据核字（2016）第225528号

责任编辑　徐子苘
责任印制　苏文强

出版发行　人民文学出版社
社　　址　北京市朝内大街166号
邮政编码　100705
网　　址　http://www.rw-cn.com

印　　刷　三河市华成印务有限公司
经　　销　全国新华书店等

字　　数　207千字
开　　本　880毫米×1230毫米　1/32
印　　张　9.375　插页1
版　　次　2017年1月北京第1版
印　　次　2017年1月第1次印刷

书　　号　978-7-02-012027-7
定　　价　39.00元

如有印装质量问题，请与本社图书销售中心调换。电话：010-65233595

从尊敬一事无成的自己开始
▽

（一）

年轻时看《红楼梦》的开篇，每每对曹公心生怜惜，只见他这样写道："今风尘碌碌，一事无成，忽念及当日所有之女子，一一细考较去，觉其行止见识，皆出于我之上……"

"一事无成"四个字来得刺眼，虽然他是谦虚，但以他当时的处境，确实也很难觉得自己有什么成就。瓦灶绳床，举家食粥，即便写了一部《红楼梦》，在当时也只是小范围流传，更像是自娱自乐。何况，对于这部书的价值，他如是说："所以我这一段故事，也不愿世人称奇道妙，也不定要世人喜悦检读，只愿他们当那醉淫饱卧之时，或避世去愁之际，把此一玩，岂不省了些寿命筋力？"

想象那时的曹公，年龄老大，身无长物，早年的获得一一丧失，对于自我价值，估量得也不够充分，心情该是何等寥落，不由感慨命运对他太不公。

要到很多年之后，我才能懂得，曹公哪里是自谦，这些话分明有一种自负，他的"也不愿""也不定要"，实乃对世间通行标准的一种无视——令人"称奇道妙""喜悦检读"之书大多迎合了世人的阅读习惯，而他，自有标准。至于"事"的"成"与"不成"，若他真的介怀，也不花那么多时间，几番增删，写这样一部在当时无法得到充分认可的《红楼梦》了。

想明白这个道理，盖因随着时日流逝，我自己对"一事无成"这个词，也有了不同的认知。

（二）

我一直笑话我爸是个凤凰男，凤凰男的优点和缺点他都有，缺点这里就不说了，优点是勤奋和上进。我打小就见他像一只勤劳的蜜蜂一样，处于无休止的忙碌中，即便如此，他还是觉得有许多时光被耽搁和虚度，总是念叨着，他这辈子没能干成什么事。

不知道是不是受他的影响，那时候，我也觉得，人这一辈子，是得干成什么事，人生最大的恐惧，就是到了晚年，发现自己一事无成，白来了这一遭。

我这些年因此也总在焦虑感中，二十岁时，我两手空空；三十岁时，犹觉路途遥遥，我这才刚起步；三十五岁时，依然没有达到自己的预期，那点成绩随时可以清零，回头一望，一无所成……

一直到四十岁，我忽然发现自己不觉间写了好多人物，远的有林徽因、张幼仪、陆小曼……近的有我妈，我舅姥爷，我同事，我偶尔遇见的人……他们有的光芒闪闪，有的默默无闻，但在我的笔下，他们却有着某种一致性，都是在努力将平凡时日变得璀璨，原来，我心底，并不那么在乎是否有所成。

（三）

比如我写我妈，出身于单身家庭，没有太多文化，当了一辈子工人，现在是无数退休老人中的一个，谈不上有什么风华。但是我却知道，这些年来，她始终在阅读，写作，学习五笔形，最近还以六十五岁高龄，考到了汽车驾照。在很多人眼中不胜其烦的事务性学习，我妈却能乐在其中，被这些快乐充盈的人生，怎能说是虚度？

再比如我舅姥爷，一个老单身汉，当年因为成分不好，没能娶妻生子。他笨拙、缄默，常常不知所措，在乡间也是人们眼中的笑柄。但是他爱读书，虽然读的不过是各种"演义"之类，却也能作为他生活中隐秘的通道，将他带到让他自如的别处。

我还写了林徽因，这些年她已经被神话，成为各种鸡汤文里的女神。诚实说，若论文学成就，她的确不算第一流的人物，她自己也清楚这一点，1932年，她给胡适的信里说："我自己也到了相当年纪，也没有什么成就……现在身体也不好，家常的负担也繁重，真是怕从此平庸处世，做妻生仔过一世……"

可是她的好正是在这种不甘里，为了出离平庸，她同时开了许多个窗口，写诗，研究建筑史，在自家的客厅里跟人高谈阔论广泛吸收信息，即便因此引来动机各异的讽刺……

这所有被别人或者自己认为"一事无成"的人，都是值得尊敬的，那么，我们为什么不从尊敬一事无成的自己开始，不是让别人，而是由自己，来定义自己的这一生？

(四)

庄子说，燕雀焉知鸿鹄之志，但是鸿鹄有鸿鹄的辽远，燕雀也可以有燕雀的充实，每个人的天分、际遇、需求都不同，为什么要以他人为参照？与其在渴望成功的焦虑里度过时日，不如，先享受每天都在刷新自己的快乐。刷新的方式各有不同，只要自己满意就行。

孔子说，四十不惑，我不知道是什么使他能在四十岁的那一年笃定，

005

于我而言,大概就是放下了成功焦虑,找到了自己的小确幸,我不再害怕一事无成。

目 录

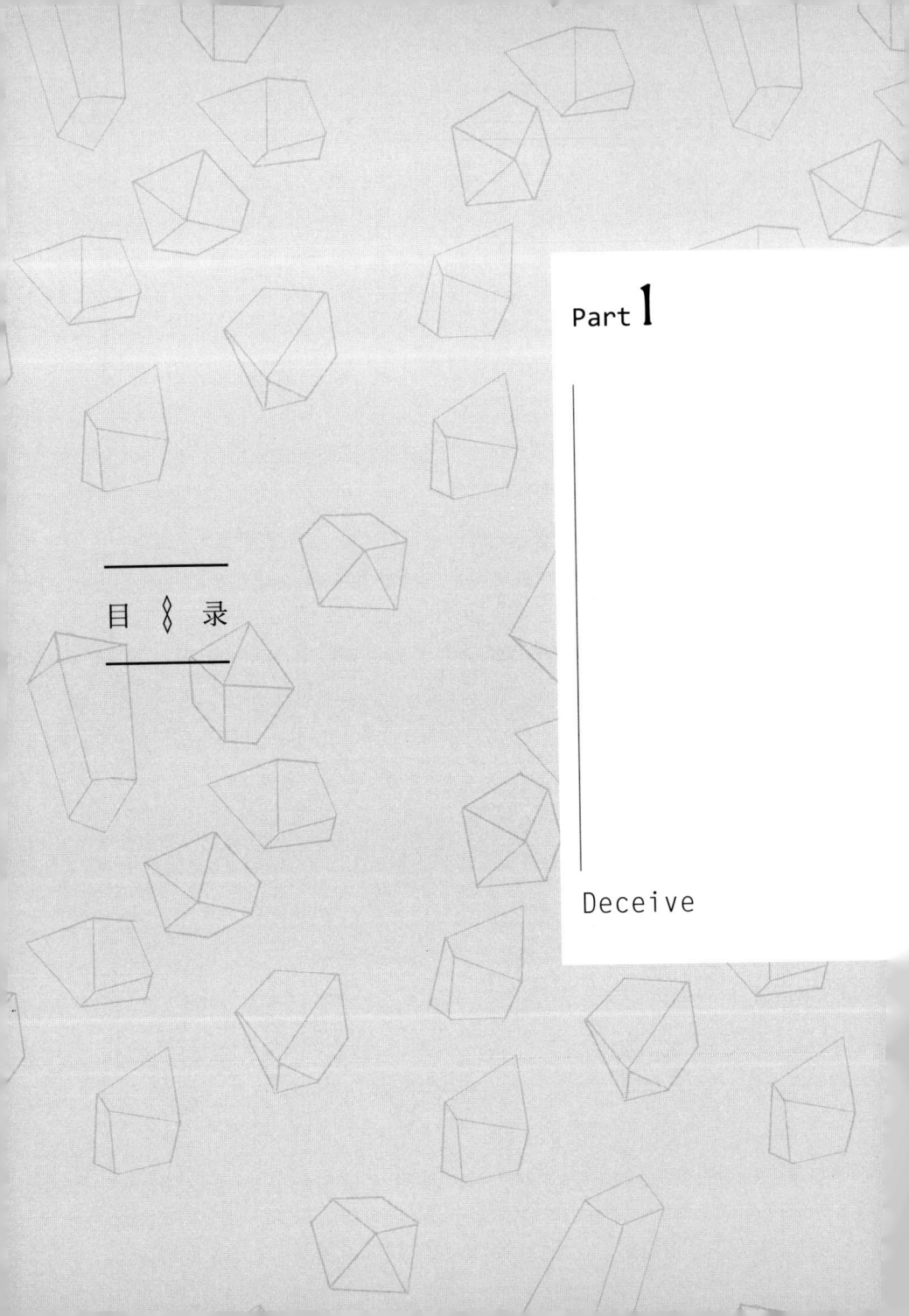

Part 1

Deceive

假如命运欺骗了你

张幼仪,她与时代握手言和　002

张幼仪,未被"富养"的女孩　010

过于追求性价比是我的万恶之源　015

她是我面对现实的底气　022

李娟比郭敬明更热爱物质　027

王思聪背后绝望的大多数　033

只干有建设性的事儿　039

阅读是一座随身携带的小型避难所　045

CONTENTS

Part 2

Decide

是你自己决定你的一生

被误读的林徽因和金岳霖　052

陆小曼眼中的林徽因：这个"万恶的前女友"　061

萧红：只因她贪恋泥淖里的温暖　077

吕碧城：没有爱情也可以　082

张柏芝，她美如开片青瓷　091

Part 3

目 录

Courage

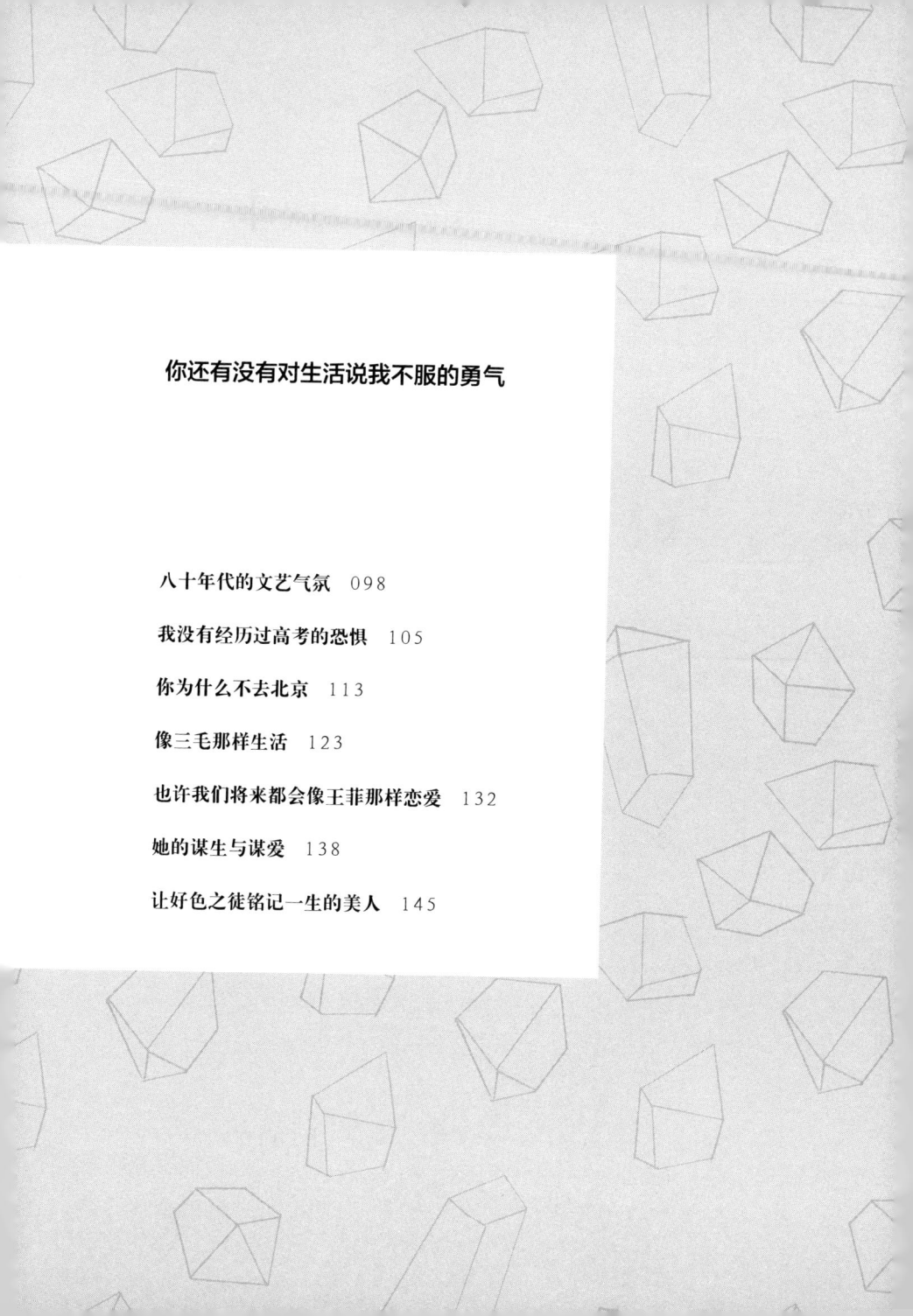

你还有没有对生活说我不服的勇气

八十年代的文艺气氛　098

我没有经历过高考的恐惧　105

你为什么不去北京　113

像三毛那样生活　123

也许我们将来都会像王菲那样恋爱　132

她的谋生与谋爱　138

让好色之徒铭记一生的美人　145

CONTENTS

Part 4

Plain

向平凡的生活致敬

李宗盛，凡人比超人更禁老　152

穷酸是一种境界　160

向平凡人的鬼迷心窍致敬　163

俗气的歌　170

世间的糖　174

她的日子，楚楚动人　181

这世界，他来过　189

曾经在我家来来往往的那些陌生人　199

一双绣花鞋　208

我叫不紧张　211

我身边那些伟大的人　214

我爱朗诵　218

小城生活　221

刘邦·红拂·俺老公　224

《立春》：亡命于理想的路途上　228

目 录

Part 5

Respect

尊敬自己,爱情才会尊敬你

那些有毒的爱情 234

王子虽好,怎好过敞开做自己 238

沈复与芸娘,夫妻多年成兄弟 242

中年黄蓉的婚内寂寞 248

分手了,我还是想和你好好的 254

王宝钏和她的中国式父亲 258

林凤娇,你如何还能这样的温柔 263

《简·爱》:所有的正室,都是疯子 267

你会不会爱上一个美貌的男人 270

中国男人为什么不够暖 276

风尘仆仆地活在这尘世间,谁不是谋生亦谋爱?身份千差万别的女人,灵魂里都有那么一块相同的质地。

DECEIVE.

假如命运欺骗了你

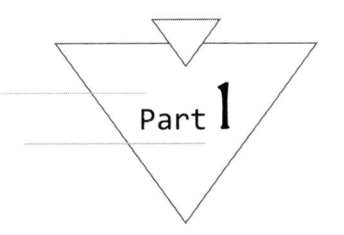

Part 1

张幼仪，她与时代握手言和

眼下文章已经成为出轨男的代表，他在老婆坐月子期间与人厮混，确实也将出轨这件事做到了极致。但任何事，单做横向比较是不够的，要是我们做个纵向比较，文章离前辈徐志摩，还是差上一大截。文章好歹还等孩子生下来了，徐志摩干脆在老婆怀孕的时候玩失踪，将她丢在两眼一抹黑的异国他乡，可怜张幼仪挺着个大肚子，由英国，至法国，再到德国，投亲靠友，苦寻落脚点，让她把那孩子生下来。

孩子生下来没几天，徐志摩出现了，但他是为离婚而来，面对这个虚弱的产妇，他慷慨陈词："真生命必自奋斗自求得来，真幸福亦必自奋斗自求得来，真恋爱亦必自奋斗自求得来！彼此前途无限……彼此有改良社会之心，彼此有造福人类之心，其先自作榜样，勇决智断，彼此尊重人格，自由离婚，止绝苦痛，始兆幸福，皆在此矣。"

这些话让张幼仪茫然。她只知道自己即将被抛弃，看不到"无限"前途，也感觉不到自己"有造福人类之心"。她感到徐志摩说这些话时,心中潜在的对象是大众和史学家,并记起,他曾说过,他要做中国第一个离婚的男子——他已经在想象自己吐出的每一个字,都将被记入史册。

尽管张幼仪觉得他不过是为了更自由地追求林徽因,才整出这开天辟地般的英雄气概,她还是接受了她的命运,在离婚文件上签了字。这可能让徐志摩意外——不然他不会带四个朋友护驾。徐志摩开心地向她道了谢,对她说:"你张幼仪不想离婚,可是不得不离,因为我们一定要做给别人看,非开离婚先例不可。"

张幼仪心里不舒服,但她还是点了点头。

接下来,徐志摩隔着玻璃窗,深情地注视了他的儿子,"爱意盎然",看完他飘然而去,继续追求他的女神,丝毫没有想过张幼仪母子如何生存。

他再次出现在张幼仪面前,是在三年之后,那个孩子刚刚去世没几天。他得了一种肠道疾病,去世前颇经历了一些痛苦,等到一切都结束,徐志摩出现了。

此时他跟陆小曼的事儿闹得满城风雨,遂远遁欧洲避避风头,也考验一下他们的爱情。可能是因为孩子的缘故,他不得不去德国见张幼仪,在给陆小曼的信里,他说,这对他是一个难关,他想起来就发腻。

他抱着完成任务的想法来到柏林，见到的是一个悲伤的母亲，徐志摩给陆小曼的信里这样描述她："可怜不幸的母亲，三岁的小孩子只剩了一撮冷灰，一周前死的。她今天挂着两行眼泪等我，好不凄惨；只要早一周到，还可见着可爱的小脸儿，一面也不得见。"

这是陌生人的悲悯，若是他把自己当成父亲，想到这个孩子来到人世自己有一大半责任，他的忏悔就会更锥心一点，而不是这样清浅："我今天赶来哭他，半是伤心，半是惨目，也算是天罚我了。"

除了这些微伤心，张幼仪也令他惊奇，他发现她变成了一个有志气有胆量的女子，"独立的步子已经站得稳，思想确有通道……她现在真是'什么都不怕'，将来准备丢几个炸弹，惊惊中国鼠胆的社会，你们看着吧！"

这么一说，当初的弃妇竟然摇身变成他的"同志"了。徐志摩如是说不稀奇，他一向就是这样自说自话，但离奇的是，张幼仪，这个刚刚失去孩子的母亲，因为徐志摩而吃尽苦头的女人，居然不计前嫌，跟他游历意大利，还看了场电影。后来徐志摩回国，想要和已经离婚的陆小曼结婚，徐志摩的父亲提出他必须亲耳听张幼仪说愿意离婚，才能允许这桩婚事，张幼仪也招之即来，为徐志摩做这样的见证。

她与婚后的徐志摩似乎成了朋友，借给他钱，帮他打点衣服，徐志摩也给她写信，聊自己和陆小曼的生活状态。据说，徐志摩去世后，张幼仪还曾经以儿子徐积锴的名义，给陆小曼提供过一段时间的赡养费。

如此以德报怨，让人在佩服她的气度之余，也不免要想点别的。于是有人怀疑这是出于爱情，古诗里说，女人重前夫，现代故事里，好女人总是忠实于浪子，何况还有张幼仪亲口表白："你总是问我爱不爱徐志摩。你晓得，我没法回答这问题。我对这问题很迷惑，因为每个人总是告诉我，我为徐志摩做了这么多事，我一定是爱他的。可是，我没办法说什么叫爱……如果照顾徐志摩和他的家人可以称为'爱'的话，那我大概爱他吧。在他一生当中遇到的几个女人里面，说不定我最爱他……"

看看，人家自己都这么说了，这个故事多圆满：善良的女人，沉默地爱着狼心狗肺的男人。简直是民国版刘慧芳。但是，张幼仪会接受这个定位吗？她不是说得很清楚吗？假如你们觉得为一个人做事就是爱他的话，那么我也许是最爱他的。

她这句话的意思难道不仅仅是，她是为徐志摩做事最多的一个吗？她对别人给她的"爱情说"感到迷惑。

可是假如不是因为爱情，她又为什么对徐志摩如此仁至义尽呢？仔细地看她侄女为她而写的《小脚与西服》，我常常感到，徐志摩在张幼仪的生命里，代表的不只是一个男人，而是一个崭新的时代。

在旧时代里做女人，是件很辛苦的事儿，像张爱玲的母亲黄素琼，裹小脚，不能出去上学，致使她"一生都是学校迷"。张幼仪和黄素琼年龄差不多，处境原也好不到哪里去，同出身于极度重男轻女的家庭，在家族的名单上被忽略，如果父亲不跟她讲话，她作为女孩子，就不可以主动跟父亲讲话。

不同的只是，张家久居于靠近上海的城镇，更得风气之先。未出嫁时，张幼仪千方百计地争取到了上学的机会，又在哥哥的帮助下，逃脱了裹小脚的命运。而这些，也要拜新时代的风气所赐，它就像不远处一个英挺可爱的男子，无意间惠及这个闺中少女。

张幼仪对新时代的好感不言而喻，而徐志摩，则是一个立志站在新时代风口浪尖上的人物，这就形成了一个悖论，对于她来说，新潮的世界是可爱的，但他这个新式才子新潮的表现之一，却是对于她的抗拒。

徐志摩曾说张幼仪和他的搭配是"小脚与西服"，但事实上，张幼仪并不那么小脚，她好学上进，意志力极强，远胜于当时很多年轻女子。当然，男人归罪于一个女人的精神层面时，常常只是掩饰对她外表的不满。但我们可以看到张幼仪的几张照片，她浓眉大眼，端庄清澈，单从照片看，绝不亚于陆小曼，可是，徐志摩看到她照片的第一眼，就说，这个乡下土包子。

徐志摩是"为了嫌弃而嫌弃"，他嫌弃的是包办婚姻。胡适对"父母推荐制"尚有些许认同，比他更为激愤热烈的徐志摩却视之为仇雠，可以说，从徐父答应下来的那一瞬间，张幼仪的命运就被注定了。

这就使得张幼仪对徐志摩有了一种很复杂的态度。一方面，他的冷淡以及后来的抛弃损害了她的利益，当然为她所不满；但另一方面，比他小三岁、与他一起感受到新时代气息的她，对他的做法可能也不是全然的排斥，亦有好奇与疑惑。

我不是说，新时代新气象就是抛弃妻子做人渣，只是，那个时代是前所未有的，五四运动刚刚结束，旧有的东西被质疑，人人都在试，试逃婚，试离婚，试同居，试从一个伴侣飞快地滑向另一个伴侣。对新生事物的尝试，被提到首要日程，而悲悯、同情、推己及人，都因为常常和旧道德站在一个阵营，受尽冷落。

从旧时代里走出来的女子，一定是会吃亏的，吃亏之后，接下来怎么走？不同的选择，展现出不同的格局。

张幼仪可以选择做一个哭哭啼啼的弃妇。弃妇两个字，看起来好辛苦，做起来最轻松，自以为占据了道德制高点，从此就可以一劳永逸。比如当年鲁迅从遥远的日本给朱安捎话，让她放小脚，识字，朱安统统拒绝，她甘做时代的弃妇，以一种蜗牛爬墙的精神，缓缓跟了鲁迅一生。反正人们会说：她的悲剧，是时代造成的。这帮她解决掉所有的挫败。

张幼仪也可以选择面对。只是选择了它，就是选择了艰辛。首先它让自己失去了抱怨的福利，要像帮助别人那样，帮助自己面对现状。而这种面对常常很残忍，要不然像连岳们就不会赢得毒舌的声誉，你要抛弃温暖的自怜自伤，撕开人生的真相，这个真相就是，即使在狭仄的空间里，最终能毁灭你和成就你的，都是你自己。

张幼仪选择了后者。当年面对徐志摩递过来的离婚文件，她平静地签了字，她说，我同意在文件上签字的唯一理由是：我在法国就已经打定主意，不再只凭过去的价值观行事。我是未来新式女子的一员。

她放弃了用谴责、控诉乃至自暴自弃等戏剧化的方式为自己减压，平静的口气背后，是一咬牙将一切都扛在自己肩上的勇气。现在的说法，叫做接纳。

是的，她张幼仪，不是林徽因、陆小曼这些天生的新式女子，她没能与新时代一见钟情，两情相悦。她做了她所能做的，疑惑地观望，尝试着了解，握手言和，即使不能成为新时代的宠儿，也能以自己的努力，赢得它的敬意。

她答应离婚，独自抚养孩子，省吃俭用，进入学校读书。回到中国后，她曾做过东吴大学的德文老师，后来又开办了女性银行。打理银行期间，她特意请了个中文老师，每天学习一小时，了解更多的文献与名著。她还学会了用新式女子的态度，面对她的前夫。

她摄于37岁时那张旗袍照,又端庄又舒展,不亚于任何一个"名媛"。

似乎,这结果应验了徐志摩向她提出离婚时说的那些话:"真生命必自奋斗自求得来,真幸福亦必自奋斗自求得来,真恋爱亦必自奋斗自求得来!彼此前途无限……"这个曾经带给她痛苦的男人,也以一种不无残忍的方式解放了她,这或者是我对徐志摩无法评价的原因,孩童般的残忍与孩童般的智慧,在他身上融为一体,假如"赤子之心"可以当一个中性词的话,我愿意把这个词送给他。

不久前看到一本传记,扉页上引用了传主的一句话:"我一生中最大的痛苦和不幸,都是因为我是一个女人。"总觉得哪儿不对劲,生为女人,确实会受到更多的侮辱与损害,但强有力者,一定有能力让自己活得更有尊严。这种力量,有时还体现为一种态度,张幼仪在她的命运面前体现的那种沉静、坚毅,尤其是那种开放式的姿态,是我见过的最好的态度,从她的角度,也许可以拟出另一句话:"不要仅仅因为你是女人——是那个时代里的女人。"

张幼仪,未被「富养」的女孩

张幼仪和陆小曼曾共同参加过一个饭局,胡适做东,张幼仪也说她弄不清胡适出于什么心理把她和新婚的徐志摩陆小曼夫妇请到一个饭局上,但她觉得自己得去,去了,会显得"有志气"。她的意思大概是,让世人看看,她并不是一个落寞到不敢面对的弃妇。

饭局上,陆小曼喊徐志摩"摩""摩摩",徐志摩喊她"曼"或者"眉"。张幼仪想起徐志摩以前对自己说话总是短促而草率,她于是最大限度地保持了沉默。

多少年后,她对侄孙女张邦梅回忆道:"我没法回避我自己的感觉。我晓得,我不是个有魅力的女人,不像别的女人那样。我做人严肃,因为我是苦过来的人。"

吾友思呈君认为张幼仪这是一句气话,仿佛在针对"做人不严肃"的陆小曼,我却觉得这是一句非常深刻的自省,张幼仪的缺乏魅力,也许确实因为做人严肃,而她的做人严肃,也正因为她是苦过来的人。

张幼仪 1900 年出生于江苏省宝山县,比林徽因大四岁,比陆小曼大三岁,这年龄相差不大的三个女孩,却有着完全不同的处境。

林徽因与陆小曼,一个生于杭州,一个生于上海,成长背景却颇为相似。林徽因的父亲林长民毕业于日本早稻田大学,他积极投入宪制运动,做过司法总长,巴黎和会时期,更激愤地写下《外交警报敬告国民》,是清末民初时候的风云之士。陆小曼的父亲没那么耀眼,却也与林长民同为早稻田大学校友,他参加过同盟会,出任过国民党高官,类似的背景使得他们视野开阔,不会囿于愚昧的重男轻女传统,所以林徽因与陆小曼,皆是她们父亲的掌上明珠,得到极好的教育,从小到大,皆入名校就读。

相形之下,张幼仪的幼年就惨淡得多,她祖上虽做过高官,到她父亲这代已非昔比,她父亲只是个据说声誉很好的小镇医生,从张幼仪的叙述看,他的识见没超过他当时的身份。

张幼仪说,她母亲有八个儿子四个女儿,但她母亲从来只告诉人家,她有八个孩子,因为只有儿子才算数,"女人就是不值钱"。这与林徽因的经历形成鲜明的对比,林徽因七岁那年,就承担家里与出门在外的父亲的通信任务,现存的她父亲给她的最早的一封信里这样写道:"知悉得汝两信,我心甚喜。儿读书进益,又驯良,知道理,我尤爱汝……"

陆小曼更是在父母的溺爱下长大,既聪慧,又顽皮,一度到不可收拾,被父亲教训了一下,才收了心,好好读书,即便如此,也可见她父亲对她的重视。

在教育这个问题上,张幼仪的父亲也与他周围的环境保持一致。张幼仪的二哥和四哥都早早出国留学,她父亲依然觉得让女孩子接受哪怕最基本的教育都是奢侈之事,想想看,在张幼仪的幼年,她母亲还试图给她裹脚,后来在她二哥的坚决反对之下才停止,就知道她父亲的想法在当时多么普遍。

只有当张家为男孩所请的私塾先生有空的时候,才过来给女孩子们讲点《孝经》《小学》之类。但张幼仪是要强的人,她千方百计为自己争取受教育的机会,十二三岁的时候,她在报纸上看到有一所学校的招生启事,收费低廉到让她父亲不好意思拒绝,她又煞费苦心地邀请并不爱学习的大姐与她一同前往,才为自己争取到进入那个教学水准极低的学校。

所以张幼仪说,我是苦过来的人。她的这种苦,是她作为女孩,在家里不受重视所致。另一方面,她在姐妹中排行第二,三毛说过,老二如同夹心饼干,最容易被父母忽略,张幼仪到老都耿耿于怀的是,为什么算命的说她大姐在25岁之前不宜结婚她母亲就真的不让大姐结婚,算命的说她和徐志摩八字不合,她母亲却宁可改她的八字也要把这桩婚事促成,如果说因为珍惜徐志摩这个原始股,把大女儿许给他也可以啊。

在当时，张幼仪虽然心里有数，却不能提出质疑，她一直都明白自己的处境，知道只有自己能帮助自己。无论是积极地帮父母做家务带妹妹，还是积极寻求受教育的机会，都是帮助自己的一种方式。应该说，她的成长非常励志，对自己不抛弃不放弃，像个社会新闻里的坚强少女。

　　但是坚强少女往往无法成为男人眼里有魅力的女人，因为她们一开始就明白有付出才有收获，对世界缺了一种很傻很天真的信赖，她们不相信自己能够轻易地被爱，也就不能明眸善睐说笑自如。在不自信同时对外部世界也不能信任的情况下，她们通常选择严肃，选择收紧自己。如果有人懂得她这严肃的由来，也许会对她多一点怜惜与欣赏，但活泼的徐志摩不会，尽管张幼仪长得不差，且努力追求上进，他依然视她为一个无趣的土包子。

　　张幼仪不明就里，一直以为是自己做得还不够，她后来为徐志摩做得确实也非常多，但这些使得徐志摩依赖她、信任她、尊敬她，而始终不能爱上她。

　　而他喜欢的林徽因陆小曼们，则因被爱而可爱，因可爱而更加被爱。她们的父亲对她们的宠爱，使得她们后来在男性世界里也自信、明朗、活泼、娇嗔，那是她们自童年起就形成的一种气质，这种气质甚至会形成一种催眠，让接近她们的男子感到，不爱她们，简直天理难容。

　　经常听人说，女孩要富养。这种富养不只是金钱上的丰富给予，还是精神世界里的温软包裹，它不但让一个女孩经济上独立，还能让她精神上富足，让她踏实不是局促，笃定而不是犹疑不定，让她具有弹性而不是歇斯底里，这么说吧，女人的异性缘，一定是跟她曾经得到多少爱成正比，父亲给予的爱，是一个好命的女孩一生里得到的第一桶金，是她将来在男性世界里的竞争力。

悲哀的是，生于20世纪后期的我们和生于20世纪初的张幼仪，有着更为相似的命运，这也许是张幼仪在广大女中青年里人气更旺的原因，我们从她那张茫然无措的脸上，总能看到心酸的自己。好在，张幼仪最终凭着她坚强的意志，打下她自己的一片天地，而我们，也有机会，用自己的心力，为自己疗伤，这使得我们的路途更为艰难，但艰难，也是人生滋味的一种，使我们有惊无险地避开了一帆风顺的贫乏。

过于追求性价比是我的万恶之源

诚实说,我并不是在极端匮乏的物质环境里成长起来的,我小时候的课外书比别的同学多,初中时开始有一点可以自己支配的零花钱,1994年,大学还没扩招,我爸愿意自费送我去一所南方城市读书,让我的邻居都感到惊奇:"为一个女孩子,花这么多钱……"

对,你看出来了,我成长于一个重男轻女之风颇为严重的中原小城,我家里人算是好的了,力求给我比较好的资源,奈何对于一个中等人家的无知孩童,爱攀比的,容易产生匮乏感的点,偏偏不是教育资源,而是在别人眼中细枝末节的小事。

我比较的对象是我弟大宇,我父母就俩孩子,我弟的处境却与我有很大差别。我爸兄弟俩,我大伯生了八个闺女,加上我,我弟出生之前,家族中已有九个女孩,即使他们主观上想一视同仁,客观上也仍然不免有所倾斜。

我弟五岁时,我大伯送了他一件价值不菲的真皮夹克，要知道吾乡有种说法，叫"有钱打扮十七八，没钱打扮屎娃娃"，因为孩子长得快，把钱花在孩子的穿着打扮上不值得。但我大伯不管，他就是想表达他的宠溺。我弟十岁时，积攒下来的零花钱足够买一支气枪，他还是他们班第一个拥有山地车的人。

我至今记得我弟跟家里要山地车的情景，我弟倔强地昂着脸，我妈默默流泪，要说我家当时的经济状况，也不至于买不起一辆山地车，但一向省吃俭用的我妈，对花那么多钱买辆山地车这件事缺乏想象力。最后是我爸打了圆场，拿出自己的私房钱给我弟买了，我内心当然是不平衡的，我骑的是我妈淘汰下来的旧车，同时也对我爸这样惯儿子而痛心疾首。

在这个场景中，我是懂事的，知道心疼大人的，将来一定会是一个有出息的好孩子；我弟是恃宠而骄的，将来一定无法无天。然而，命运是如此诡异，事实上，我弟后来无论是个人生活质量（不只是收入），还是对家庭做出的贡献，都比我要高，我爸以一种貌似性价比不高的方式，实现了性价比极高的效果，这让我曾经有所怨艾，现在更多的是一种局外人的深思。

因为从小就自甘弱势，我安全感极差，永远量入为出，从不大手大脚。买东西非常注重性价比，尤其是买衣服，不管是在收入较低的当年，还是在收入有所提升的现在，我看见"sale"就很兴奋，要是打五折就非买不可，即使东西只是差强人意，只要价格合适，也会拿下。导致的后果是，衣柜里铺天盖地的一大堆"优衣库""HM"，参加正式场合时仍然没有衣服，平时也是丢人堆里立即被淹没。

吾友许可曾经很郑重地对我说，你买衣服的过程，追求的是"买的快乐"，而不是"穿得快乐"，表面上看，你买得很划算，但一再低水平地重复建设，花的钱并不少，却没有提升你的衣着水平。你没有听说过"便宜东西买不起"这句话吗？

她说得有道理。不幸的是，我不只是在买衣服上犯这种错误，买房子也是。我买房子比较早，2002年，那时房价已经起来了，但还没像现在这么夸张，我手里的钱，在中档小区买个110平方米的房子，够付四成首付，然后可以使用公积金贷款；如果再买大一点的话，就只能付三成，无法使用公积金贷款。我想也没想就选了第一种方案，住小一点也没关系嘛，大了打扫起来还不方便呢。

住进去之后才知道，在一个小区里，比较小的户型位置都是最差的，我家北边靠路，整日整夜，汽车轰隆隆而过，我睡眠一向比较浅，夜里听着鸣笛声、车轮碾压声，不堪其扰，又悔不当初。可是，重回当初，我又能做出更好的选择吗？不能。一个人的消费观，也许从五岁时就已经定型。

我弟和我正相反，他到2006年才买房子，那时候房价涨得已经很吓人了，他手里的钱，又非常之少。但他毫不犹豫地选了一个高档小区最贵的楼层，贷了三十多万元，二十年还清。我跟他算利息，二十年后，利息都跟本钱差不多了，我的房贷，选的是五年还清，五年期利率最低，我弟一笑了之。

然后呢，房价一波一波地朝上涨，我的房子地段一般，位置不好，涨得极慢，我弟的房子，却后来者居上，收益很快就超过我那套。这还不算最让人郁闷的，我因为不愿意贷款，又不喜欢跟人借钱，装修时就把老公单身时买的小房子卖了，后来那房子翻了好几倍，加上我每月偿还贷款过多，没有机会做新的投资，我自以为精明的小算计，反而让财产缩水。

单是房产投资上的失误，是不值得我写上这么一大篇的，下面我要说到更重要的，对于性价比的过分重视，也会影响我在事业上的选择。许多年来我一直想写一部家族小说，如今我年过四旬，出了七本书，却都不是那部家族小说。我没法下决心动笔，写个随笔，总不会写得太差，总能发表，最后也总能结集出版。而小说我以前写得少，我担心失败，担心白费工夫，我有点像《围城》里的方鸿渐，明明真爱是唐晓芙，却一而再地和苏文纨周旋着。

我弟就不一样，他打小就有点商业头脑，后来开了个影楼。一开始，他开的那个小影楼是赚钱的，虽然不多，却远强过工薪阶层。但我弟有野心，非要再开个大的，他东拼西凑弄到了一笔钱，大影楼开起来，生意萧条瑟如被秋风横扫过的落叶乔木的树梢，我偶有空闲，坐在他的店里，看外面行人匆匆，却没有一双脚，显示出朝店里拐的意向。

要是我，可能就想关门了，我总是担心山重水复疑无路，我弟却永远觉得"千金散尽还复来"。冷不丁地，他把住房抵押了出去，又开了第三家店，我无法不替他捏把汗，如果这家店再失败了，他就连立足之地也没有了。

还好，坚持了几个月之后，渐渐有了盈利，他有了资本做广告，再加上口碑流传，他这两个店的生意，就像灶膛里的火苗，轰轰烈烈地燃烧起来了，发展到现在，有了一百多家加盟连锁店。

他一直是在不计回报的爱里长大的，如今，他对父母的回报，也是不计成本的，带老爸看病，陪老妈体检，有空了还拉上他们满世界旅游，让我弱弱地承认吧，有时候，我没有他那么慷慨。我前面提到他的生活品质比我高，不只是因为他比我有钱，而是他活得比我更平衡，想到什么就去做，不会患得患失，也不抠抠搜搜，谁能想到，当初他对自己那略带任性的爱，家人对他有点过分的宠溺，会有这样的一个结果？

我曾经以为我弟和我是一个孤例，但是遍阅身边那些卓越的人，发现他们大体有两种：第一种是真正的赤贫，靠着一种流氓无产者的勇猛，给自己挣个地盘，这类人比较少，毕竟，这个时代，没有原始积累，单靠赤手空拳，很难成功。第二种是打小被重视的孩子，他们打小愿望很容易实现，知道自己想要什么，也敢于去争取，有家人做后盾，他们能够承受次把失败，愿意给自己更多机会。这并不是说，被宠溺被特别关照的孩子一定能成功，但像我这样，从小就把心思放在成败衡量上，不敢追求自己最想要的生活的人，一定无法实现自身价值的最大。

所谓有勇有谋，勇其实比谋更重要，世间有谋者多，空气里纷飞的都是瞎琢磨，有勇者却少，所以才有"夜晚想过千条路，明朝起来卖豆腐"的说法，思来想去，还是觉得卖豆腐最现实，最划算，被宠爱的孩子，太少了。

这就和我们的传统教育有冲突了，过去，我们提倡匮乏教育，要知道一蔬一饭来之不易，要学会精打细算，用好手中的每一个铜板。这说法没错，但精细是过程，不是目的，如果过度的精细，让我们把工夫全耽误在精细的路程上，那就得不偿失了。不幸的是，这是一个许多女孩都会犯的错，我认识的一个姑娘，曾把三个备选男友的各种条件写下来，让我帮她选，我当时只觉得，难道择偶也要如此讲究性价比吗？还好，最后她嫁的并不是这三个里的一个。

不久前，我和好友陈小姐去旅游，在酒店里，她口渴了，想喝那个标价五十块的矿泉水。她说，我看出你不赞成，但我还是很想喝。我说，我本来是不以为然的，但转念一想，如果你在咖啡馆里点一杯五十块的咖啡，我一定没有任何意见。那杯咖啡也许都没有这瓶矿泉水让你感到享受，我不反对那个而反对这个是没有道理的。

摆脱过于注重性价比的困扰，先从这些小事做起吧。2016年，我下了一个决心，以后买衣服，付款前都不看价签，反正我不去什么巴宝莉爱马仕这样的大牌店，也不买貂，普通商场里的衣服不至于对我的经济状况造成很大的打击，大不了少买两件；我希望能进行让自己更快乐的写作，不再被各种约稿诱惑；我还希望对家人对朋友的关爱，也能够少一点得失衡量，只是从心所愿。总之，我希望，四十之后，我做每一件事之前，都能用六十岁的眼光打量一下，希望六十岁的自己不至于回忆起四十岁没买的那件织锦缎面的棉袍子，怅然不已。这，就是我眼中的四十不惑。

她是我面对现实的底气

在网络上,我和思呈君算是互为外挂,我们有时候在微博上讨论人生,有时在朋友圈里秀恩爱,基本上知道我的人都知道她,同样,知道她的人也都知道我。她曾谦虚地说我是她的偶像,这种说法让"偶像"这个词从神坛上跌下来,变成一个滑稽的存在。在这里,我要比她更严肃一点,要说说她对我的意义,不是朋友眼中的CP,也不是我妈嘴里的"亲如姐妹",她对我而言,更是一种生活的底气,当我面对那些太势利太实际的说法和事件,我可以说,不对,至少我所知道的思呈君不是这样。

忘了是在世纪初的哪一年,我们在天涯社区一个名叫闲闲书话的版块上遇见,作为一个副刊编辑,我跟她约过几次稿,这并没有拉近我们的关系,真正熟悉起来,是在2006年下半年,我需要跟她咨询一些生活常识,要了她的电话号码和现在已经销声匿迹的MSN号码,接上头之后,我们的话题飞快地从生活常识转换到文学人生。这个开头,给我们后来的全部交往定了调子。

023

我娃出生前夕，有出版社想跟我订个框架协议，两年内，打包出版我四本书。这个邀约让我既高兴又有点踌躇，我一向写得慢，又要生孩子带孩子，但是一次出四本书听上去就很壮观，何况对方给的条件也还算不错。

我在电话里跟思呈君聊这件事，她顿时代替我陷入困难的抉择中。那两天，她不停地跟我探讨这件事的可行性，我几乎能感觉到，她在遥远的广州替我苦思冥想。过马路前是一个主意，过马路之后又是一个主意，她运用她有限的智商，模拟了未来的种种可能，最后，她坚定地建议我：答应他们吧，你能做到！

这太让人震惊了！就算是知己好友，对方这种非关生死的小事，难道不是做到耐心倾听就算是仁至义尽了吗？我该说你是热心肠呢还是说你有点轴呢？好像是为了回答我这个问题，思呈君适时地在博客上发表了一篇大作，谈《围城》里的方鸿渐。对于这个众说纷纭莫衷一是的人物，她提出了新的看法，认为他最大的问题就是敷衍。他明明不喜欢孙小姐，却不敢拒绝，只求敷衍得过，明明不喜欢他当时的生活，也不敢拒绝，以一种微讽的态度周旋着，最后让自己陷入狼狈。

对待生活不能敷衍，这个道理我以前也知道，打小爸妈老师都说过多少回，但他们指的，主要是在学习上以及某些生活习惯上，我第一次看到有人以这种态度全面地对待生活，也是从那时起，敷衍了三十年的我，开始自问，要不要换个生活态度。

这样较真的人，自然不可能成为目的主义者。思呈君对炒股什么的都不感兴趣，认为就算发了财，那个过程也太没有创造性，她更有兴趣的，是写作。她还写过一篇文章，论述孙悟空西游路上孜孜于降妖除魔，也不全是为了保佑师傅，有时候就是喜欢干这个事，不正经的论述里透着正经，俨然找到了她的同道。

平日里，我也没少见人声称自己是个过程主义者，但听其言观其行，大多不可信。在和思呈君近十年的交往中，她让我看到，执着于过程并不是一件很容易的事，有些时候，过程与目的，真的是有冲突的。

两年前，她在一家高校做行政工作。这个工作虽然无聊，但清闲稳妥有保障，是很多人梦寐以求的金饭碗，但思呈君咣当一声，就把它给掼了。她给一家纸媒发去了求职信。当她告诉我时，我简直惊呆了，身处纸媒，每天都听见各路唱衰的声音，任谁都知道，如今纸媒尤其是报纸已是夕阳产业，同行们都想方设法求生上岸，还有这样想要扑通一声跳下来的？

这是一方面，另一方面，她原来所在的那个高校有规定，工作十年就能分到房子，也就是说，再过两年，她当时住的那个宿舍房子，就能过户给她了。因为那房子面积低于她的资历职务应得的面积，她甚至不需要付那笔数目本来就很小的购房款。只要熬上两年，在工资之外更有百万元收益，我不知道别人会怎么选，反正没有安全感如我者肯定会忍了。

偏偏思呈君就一分钟也不愿意忍，她退了房子，辞了工作，以将近四十岁的高龄，投身到新的事业里。她说她也不是热爱纸媒，只是想让生活有所不同，至于将来，她说她并不害怕："因为我有一个长处，我还可以活得更屌丝一点。"

这的确算是一个很了不起的长处，起码我就做不到。我做不到像她那样，不怕脏不怕累，不讲吃不讲穿，长年累月背着个五十块钱的包，用着部两百块钱的手机（还是我的一个临时备用手机，淘汰给她的），就买过一双千元以上的鞋子，还后悔了好几年。

她有着最好的消费观："没有物欲，花钱随性"，这一两年我经常听人说到"财务自由"，说起来都是一副神往模样，而思呈君是我认识的人里，率先实现了"财务自由"的人，她自由，是因为她不害怕，她把自己的人生当成真人秀来过，把生活的滋味，放在舒适度之上。

所以跟她打交道是件非常轻松的事，她强大，所以全身上下无痛点，你完全不用担心哪句话会冒犯到她。同时，她不为"小我"控制，对于他人的接纳度非常高，你完全可以在她面前暴露皮袍下所有的小，她都会像个做阅读理解的老师那样，和你一同分析这道题。

思呈君写过一篇文章，叫做《君子不赶不抢》，说民国时有位先生，懵懂于现实，从不抄近路，每次都比别人绕得远，但免去了种种盘算纠结，他的人生其实一分钟也没有浪费。而思呈君也是这样一个人，她没什么钱，也不怎么红，但是，我和其他的朋友，没有任何人像她那样，活得那样踏实，笃定，有目标，无怨尤。

她曾跟我说过一句话，当时我哑然失笑，过后却是越咀嚼越有味道，她说，我虽然不是大师，但我按照大师的标准要求自己。每当我在现实的泥淖里打滚，为各种得失而喜悲时，想到这句话，就好像抓到理想投下的一根绳索，自惭形秽之余，也捎带着把自己打捞了出来。

李娟比郭敬明更热爱物质

几年前曾因某种原因，翻过一遍《小时代》，很快把情节全忘掉，印象深的唯有两点，一是郭敬明多少还有点幽默感，二是几乎隔上三两个字就会跳出个品牌。

活到我这个年纪，对于品牌已经没那么神往，但我也能够想象它们对于更年轻的读者的吸引力，曾几何时，我也是这样一边咽着口水一边看小说的。

我说的是琼瑶小说。在当年，琼瑶小说风靡一时，它提供了不食人间烟火的爱情的同时，亦展示了更加发达的物质文明。《在水一方》里杜小双跟丈夫说他们现在经济状况很糟："每天只能吃两个鸡蛋了。"鸡蛋，还两个，要知道在当时，我们家只有我的碗底会每天埋两个炒得金黄的鸡蛋，他们的生活水平比我们高得真不是一点点啊。

这使他们谈起恋爱来也能够更华丽，一个姑娘说喜欢真丝衬衫，追求者就送来一屋子的真丝衬衫，说声喜欢玫瑰，就有一屋子的玫瑰。热恋的时候固然花钱如流水，失恋了就要飞往异国他乡疗伤，说起去欧洲时眉毛都不皱一下，比我们去杭州苏州还要习以为常。

同样来自经济发达地区的三毛没有这么浮夸，相反，三毛更热衷于表现自己的屌丝范儿，比如吃路边摊，在异国他乡跟陌生司机打招呼，与非洲土著亲如一家人之类，但首先你得有钱出国啊。从德国到西班牙，再到撒哈拉沙漠，这些地名犹如底托，将她的故事展示得那么洋气。它们也给了我们做白日梦的可能，即使现实很骨感，也能够在她生活的讲述中，将自己嵌入其中。

应该说，有这个效果，未必是三毛与琼瑶的本意，人家只是不小心就是过得那么好了，然后一不小心又给写了出来。但是香港那些作家岑凯伦玄小佛什么的，我总怀疑她们发现了这个秘密，她们极度着迷于渲染奢侈生活，将大牌设计师的力作为女主角披挂上身。忘了是她们中的谁，有个小说的标题就是"喷泉"，说某个姑娘家有个喷泉，被她贫穷的女友艳羡，这个女友煞费苦心地嫁了她爸……对，情节设计得就是这么弱智，作家自己也清楚这一点，就一再去描述那个喷泉，"戏不够物质凑"的用心昭然若揭。

是的，这有点可笑，用学习品牌知识的态度去看小说，或是把小说变成先进物质生活的展示厅。但你我皆凡人，总未能免俗，就连《红楼梦》，有人看到的是爱情，有人看到的是哲学，有人看到的是可以与现实印证的人间百态,这所有的人,也许都同时看到了,它极大丰富的物质生活。

那种丰富,指的不是像薛蟠不知道从哪儿弄来的奇巧玩意,"这么长这么粗的粉嫩的鲜藕,这么大的大西瓜,这么长一尾新鲜的鲟鱼,这么大的一个暹罗国进贡的灵柏香薰的暹猪"。要是一个劲儿铺排这些,跟郭敬明的显摆也差不多了。它更多地体现在衣食住行中,像凤姐一出场,"头上戴着金丝八宝攒珠髻,绾着朝阳五凤挂珠钗,项上戴着赤金蟠螭璎珞圈,裙边系着豆绿宫绦双衡比目玫瑰珮……"是明着写,凤姐是这个家族对于外界的呈现,金碧辉煌,光芒四射,你都不用弄清她穿的戴的是什么来头,就已经被那些光芒照花了眼。

但这光芒虽然灼目,却太官方,让我们更容易产生感情的,是暗着写的那些小细节,比如黛玉初进贾府,第一顿饭毕时,丫鬟先端过一杯茶,再送上个漱盂,黛玉方知这是漱口的茶。漱过口,丫鬟才捧上喝的茶,这种精细,这种对于生活品质的追求,比薛蟠那些藕啊瓜啊鱼啊猪啊,有感染力多了。

更让人羡慕的,还有他们的住所。黛玉住的潇湘馆,"几竿竹子隐着一道曲栏,比别处更显幽静",曲径通幽,一路上是"凤尾森森,龙吟细细",窗上却糊着银红蝉翼纱,是清幽气氛里的一抹温柔,恰如黛玉的性情。窗下案上有笔砚,书架上垒着满满的书,遥想一下,就觉得此处如周作人所言,若能得半日之闲,就能消十年尘梦。

像这样的细节，不胜枚举，所以红迷们或拥黛或爱钗，对于这种物质生活的推许却是一致的，有人甚至开发出红楼系列的生活产品，试图通过那些器物，将浮华梦影搬到现实里来。作为资深红迷，我理解这种神往，但是，若看完八十回《红楼梦》，还是着迷于这种物质生活，未免只看到了《红楼梦》的浅表。

与《小时代》里用膜拜的态度谈物质不同，《红楼梦》里谈物质，一半是亲切，另一半则是一种骨髓里的幻灭感。那些衣食住行，搭建成作者的旧日，与其说他是怀念那一草一木、一啄一饮，不如说他是怀念曾经在其中的自己，怀念在其中失去的爱人。有一件事很奇怪，我们往往记不住最爱的人的长相，即使将照片一遍遍看，还是说不出具体的样子。也许爱一个人，爱的是和 ta 有关的全部，一起吃的饭、说的话、经历的晴天和阴天、看到过的所有。这，使得曹公精心刻画，试图用文字重建一个旧日世界。

但重建的同时，他也在打碎，从一开始，他就告诉你，这一切，都终将消失，"原来姹紫嫣红开遍，似这般都付与断井残垣"。他一边建立，一边打碎，从完整到残片，不过一瞬之间，而曹公最伟大之处在于，即使打碎之后，他还是能留下什么，剔除各种身外之物，他在那废墟之上，建立了一个无所依附的自己。

在"晴雯撕扇"那一回里，宝玉对晴雯说："这些东西不过是为人所用，你爱那样，我爱这样，各自性情不同。比如那扇子，原是扇的，你要撕着顽也可以使得,只是不可生气时拿他出气。就如杯盘,原是盛东西的,你喜听那一声响,就故意的摔碎了,也可以使得,只是别在生气时拿他出气。这就是爱物了。"

你看,相对于物质,曹公更爱的是自身感受,物质只是为人所用,若是能在击碎的过程中找到自己的本质,这破碎就值得。

而那个新疆的李娟,跟他正相反。李娟笔下的生活,素朴到枯索,尤其是她跟着牧民去转场时,携带的所有东西,都是生活必需品。在那荒寒之地,喝杯茶都那么困难,更不用提夜里穿着厚重棉衣上厕所,转场,真是最不适宜人类进行的活动之一。

然而,就是在这样的处境里,一杯茶有一杯茶的滋润,一件棉衣有一件棉衣的温暖,物质的好,物质的可亲,在这里被体现到极致。李娟与曹公,对于物质的态度,算得上两个方向,一个是击碎繁华,另一个是在枯索中寻找一丝一缕,但他们殊途同归的,在对于物质的不同处理方式上,建造起灵魂的屋宇,他们用心贴合,不能不算爱物。

相形之下,《小时代》里的穷奢极侈,不过是一片炫耀性消费的喧嚣。华服贴不到身上,美食也无法抵达舌尖,它们更多的是展示给他人看的,这个他人,也包括曾经的那个羡慕富贵的自己。那些被贴了炫目标签的东西,说到底不过是为了满足自己的虚荣心,却因此建立起更大的虚空,这样对待物质，很难说就比拿它们出气好多少，即使夸耀到天上，也还是暴殄天物。这也是"抄袭"之外，郭敬明的极大不可取之处。

王思聪背后绝望的大多数

王思聪在网络上一向存在感很强，这两天，关于他的热点，是那张"日狗照"，王思聪作势骑在一只狗身上，还配了一句话："正在认真练习日狗大法"。

我当然知道"日狗"是网络上的搞笑说法，有点"晦气""倒霉"的意思，不久前看王思聪的另一条微博自称"日了狗了"，还脑补出"网红小王"的哭笑不得，并不觉得很不妥。但是，像这类网络粗口，还有"我靠""屌丝"之类，都是徘徊在搞笑与粗鄙之间，更不可以进行实景呈现，王公子虽然只是虚拟一把，也着实不雅。

然后便看见胡紫微老师发声，说："有多少人会因为这条微博对此人一秒钟由认同变厌恶？王家少爷确实能干。"就这么一句说不上有多重的话，引得王思聪的各路粉丝一哄而上，各种污言秽语喷薄而出，胡紫微索性再发一条，自然招来新一轮的围攻，王思聪本人也亲自上阵，傲然吐出"SB"二字，这种言简意赅的姿态，也引起了他的粉丝的欢呼。

这让我惊奇了一分钟，难道这个世界已经成这样了吗？有钱就会被谄媚、被维护、被无底线地理解与认可？一分钟之后，我感到这种惊奇的没脑子，这情形难道是今天才出现的？在此之前，王思聪的哪条微博下，没有人自我陶醉地喊"老公操我"？据说，有不少其实是男的。

王思聪的爆红，是一桩异事。他其貌不扬，也没表现出过什么才气，唯一擅长的是骂人，但这个技能，微博上比他掌握得更好的不知道有多少。可是他最红，红到让粉丝愿意为他鞍前马后，为他自轻自贱。

你可以理解成他们是在搞笑，在开玩笑，但玩笑，常常是建立在某种意味上的。这场"国民老公"的玩笑背后，其实是一种歇斯底里的绝望。王思聪长相如何，有没有风度气质才华修养都不重要，他最重要的标签，是首富之子。粉丝们不是冲着他谄媚，而是冲着钱谄媚，从某种意义上说，喊"老公操我"亦可视为一种行为艺术，那么多人，不约而同地通过这种方式表达：金钱操我！证明这个时代里，金钱可以践踏一切，说人话就是，有钱能使鬼推磨。

在我经历过的从前，钱没这么重要，或者说，大家没有机会感觉到钱的重要。我小时候，我妈是工人，每月工资二十七，我爸是干部，每月工资四十二，跟当农民的亲戚比起来，算得上殷实，但购买力也很有限。那时的奢侈品比如自行车、手表、电视机之类并不便宜，就算是双职工的我爸妈，也要攒很久的钱，而比他们收入更好的人，也只是买这些东西时相对轻松一些，商店里，也没有更多的东西可买了。

那是一个物资匮乏的年代,物品短缺,食物粗糙,但大家一样穷着,就算有更穷的到了青黄不接的程度,饥寒交迫里也没有力量抗议,以为这就是天经地义。

也许很多人都曾以为,日子好了,就啥都好了。但是当物质极大地丰富起来,心理问题也随之产生,贫富差距限制了人们的自由,财富指数犹如坐标,将不同阶层的人,牢牢地限制在自己的位置上。

有些人生而富贵,家产几辈子也花不完,有些人生而赤贫,胼手胝足也只能换得温饱。在这个消费主义时代里,这真是让人绝望,"你拥有什么"常常被直接和"你是什么"画上等号,有种说法,到了某个程度,选择比努力更重要,现时眼下,最重要的选择,已经变成了投胎时的选择。

你可以说,这也是进步的表现,总比都穷着好,但那种压抑感也让人痛苦,跑到王思聪的微博下面喊老公,就是在怒吼,"有钱就是大爷""有钱就是老公",既然这个世界已经是这样,我们又何须为它蒙上一层遮羞布?

对于胡紫微的谩骂,异曲同工,当金钱君临一切,任何对于它的怀疑,都将被格杀勿论。至于说富二代那么多,为什么选王思聪,这一方面是他作为首富之子,最具有标志性意义,另一方面,虽然他和围观他的草根们站在不同的位置上,但在价值观上,他们却是心神相通,暗通款曲的。

让王思聪出名的，是他的骂人，他骂其他富二代，也骂女明星，大S结婚时他就讽刺她变成了大$，大S婆婆的财产被香港法院冻结，他就奚落道："大S哭晕在厕所里了。"他和他的粉丝们一样，认为很多关系都是由钱决定的。

　　这让围观群众极有共鸣。作为没钱的人，他们对这些人更有气，但他们的骂没有力量，若是只有钱能说话，谩骂的力度，和口袋中的钢镚儿有关，有谁会在乎路边乞丐的唾弃？王思聪就不同了，他最有钱，他能量非凡，他一开口，就能让那些人灰头土脸。王思聪以他的行为亲证：这世界，金钱决定着你的话语权。

　　与很多有钱人不同，王思聪在对金钱的力量的确认上，从不遮掩，他对他的狗说，没有你爹，你什么都不是。这话貌似自嘲，结合他的言行，不难推导出另外一句话，有了爹，就什么都可以是。他清楚自己是用金钱包装出来的，但是那又怎么样，这本来就是一个买椟还珠的时代，只要有钱，就能在微博上横扫一切。

　　价值观的相同，让他的粉丝都忘掉仇富了，其实他们本来也不是仇"富"，相反，那恨意正是在对金钱的爱里生出来。王思聪虽然也拥有财富，却在价值观上那么亲民，金钱就成了他的超能力，可以大大地替他们出上一口气。他们在微博上同气相求，里应外合，膜拜金钱，从不同的角度，嘲笑自己。

自嘲这种东西，能够使人放松，但放得太松，就成了生命中不可承受之轻。似乎一个自嘲就能交代得过，似乎表示绝望就可以一劳永逸，然而鲁迅先生引用裴多菲的诗句说，绝望之虚妄，正与希望同。希望解决不了你所有的问题，绝望也解决不了，甚至于，希望固然虚妄，还能让你不知老之将至，绝望则是因为害怕失败而选择了失败，只能看天等死。

就像不久前在网上引起热议的那对"用两万块钱过一年"的夫妻，乍一看标题，我还是挺肃然起敬的。我自己老乱花钱，常觉得心为形所役，假如时间就是金钱，反过来说，珍惜金钱也等于珍惜时间了。

但当我点进内容，才发现，这对夫妇的节俭，原来是出于绝望。他们不生孩子，是因为没准会白发人送黑发人；他们不交际，因为亲友都是势利鬼，没钱谁搭理你啊；他们不旅游，因为去过无数个城市都没有上海好，他们对远方没有任何好奇；他们不工作，因为说不定哪天就死了，连养老金也领不到。他们就待在家里，在网络上看股票和电视剧，那绝望就像他们自己给自己织的一张网，别人的生活，无法说好或者不好，我只能说，这不是我想要的，相信也不是你想要的。

是有人的孩子夭折，亲友里也有势利鬼，旅行时是可能遭遇到不愉快，但这并不是生活的全部。更多的孩子在健康成长，不势利的亲友一定比势利的多，你只注意到旅行中的不快，为什么没注意到更多的快乐？绝望更有欺骗性，它显著，突出，让你常常会只注意到它而忽略其余。

那些在金钱面前认怂的人也是这样，你可能有那么几次被绊倒在金钱面前，但是更多的时候，在不那么有钱的情况下，你也可以顺利成长。金钱强大没错，但是你的心，将它的力量进一步放大。有钱人，没有他爹，他固然什么也不是；没有你的怂、你预支的恐惧，他同样什么也不是。稍稍克制一下欲望，那种被金钱羞辱的情况，都并不经常发生。

今早起来，看见王思聪已经删帖，你看，有钱如他，也不觉得自己永远正确，你又何必一而再地被绝望诱惑，奉献上自己的余生，不试着找一条出路呢？

只干有建设性的事儿

昨天在办公室碰到老李,她照例打开手机相册,向我展示她最近的画作,得意地介绍,哪幅有人想要重金收购,哪幅准备拿去参展。诚实地说,艺术细胞匮乏如我者,对她说的这些既不懂,也不关心,我更感兴趣的是她的形象,一件黑底红格子直身裙,搭黑色短靴,五十岁的人,身材不但没有走形,比前几年似乎还更多了些曲线,我心有旁骛地听着她的念叨,暗想,原来真有逆生长这种事的。

陈丹青说,一个人的外表,代表着一个人的终极。呈现在我眼前的老李的外表是好看的,比我刚认识她时好看。

初见她在十几年前,她是报社编辑,我经常在她主持的版面上发表文章,有天我到编辑部做礼节性的拜访,得以与她见面。怎么形容那第一印象呢?我只能说,在我一时还不知道该如何称呼她时,本能地想喊上一声:"同志!"

她太像电视剧里的政工女干部，齐耳短发，衣着整齐而保守，沉重的塑料框架眼镜完全遮蔽了五官，她笑得十分和蔼，说，你就是闫红啊？不错不错，写得不错。

太和气的人，常常会被人不自觉地看轻，以为他们是缺乏能力才不得不笑脸迎人，我承认，初见老李时，我感谢她平易近人的同时，心里也不觉藏了些这样的势利。一年多之后，阴差阳错的，我们成了同事，确切地说，我成了她的下属，这使我有机会纠正之前的错觉，老李没那么和蔼，倒是挺有才，还是那种比较犀利的才华。

她是浙江金华人，中医硕士，毕业后当了医生，因为喜欢写杂文，来报社当了副刊编辑。这经历与周树人先生多有重合，在同行中有青年鲁迅之称，但她行事作风，却与先生大相径庭。

鲁迅先生虽然声称一个都不原谅，日常里对人和善体贴却是有口皆碑的，老李作为一个典型白羊则没有这份细腻，心直口快，完全不计算别人的心理阴影面积，她闺女大头马打小参与她的社交活动，五岁之后就常为她担忧："我觉得我妈一说话就得罪人。"她私下里对我这么说。

以我和老李的亲密关系，不懂得婉转的她，得罪我的次数当然最多。我虽是她的下属，却同时是个最吃不得亏的大天蝎，经常当场吵回去，老李的卓越之处这时就显现出来了，她并不一定要做"说最后一句话"的那个人。有时闭嘴，有时就讷讷地来一句："你倒是挺会说的。"结束了这场争执。之后并不记仇，好像什么事都没发生。

我以前也在女领导手下混过，见识过某些女领导的厉害，见老李雷声大雨点小，我就对自己说，这是个好人。但前面说了，好人也没什么了不起的，老李真正让我刮目相看，还是从她炒股开始。

好了，不要猜了，接下来的情节并不是老李在股市上呼风唤雨，赚得盆满钵满，相反，在股市最为风云变幻的那一年，她也不知道听了谁的蛊惑，一个猛子扎进去，便被巨大的浪头冲得找不着北。当时也未见她情绪变化，只听她说是"亏了"，她没说亏了多少，显见得亏了不少。

对于一贯省吃俭用的老李，这亏损实在巨大，足以成为她人生的分水岭。之后我们看到的她，跟以前判若两人，笨重的塑料框架眼镜不见了，换成了细金边的，她原来竟是一个眉清目秀的人；发型变化不大，只是染成了深棕色，我不能说有多洋气，但这起码是一个信号，让人知道，这是一个清楚自己性别特质的女人；变化最大的，还是她的生活态度。之前的老李，是一个很典型的女书生，除了上班看书百事不理，这之后，她的社交面也扩大起来，成了本地文化圈子里重要的一分子。

旁观了老李变化全过程的同事目瞪口呆之余，不免议论纷纷，怀疑她有了"第二春"者居多，否则有什么力量能让一个女人发生这样大的变化呢？有次和老李一道去某地，我提到这种疑问，当然了，主要是想打探一下老李的隐私，她呵呵一笑，说，她有这个变化，全拜炒股所赐。

这次股灾,她损失惨重,亏掉的那笔钱,差不多可以全款买个两居室。过去她完全没法想象这样一种损失,经历了,发现也没什么了不起,再想买什么东西而舍不得时,她会对自己说,我曾经亏掉那么多钱,也没有影响我的生活,花这点钱又能怎么样呢?如此一想,豁然开朗,活得就比以前随性多了。

亏损意味着破裂,她的生活因此洞开,过去以为必须坚守的东西,现在被她轻易跨过,她借助一次失败的炒股,升华了自己的人生。

这不是一件谁都能做到的事,我觉得我就很难,我没有把损失变成契机的能力,相反,倒有可能绊倒在挫折上,在之后的日日夜夜,想起来就悔断肝肠。虽然,我也知道,这样是自找不痛快,但是,这世上,有几个人能真的做到知行合一?让所思与所行步调一致?

有次跟老李说起这个,她说,没有"不能知行合一"这件事,你不能做到,还是因为不能真的懂得。我有点懵懂地回味着这句话,还没有想明白,又有一件大事发生在老李身上。

我前面说了,老李是我的领导,部门主任,正常情况下,如果她不能得到进一步的升迁,差不多要将这个部门主任当到退休。但在她四十五岁那年,单位机构调整,她卸任副刊部主任一职。这种安排是从单位大局出发,但作为个人,通常很难接受,部门主任不是什么了不起的官职,但在咱们这个官本位的国度,有一个总比没有强。

老李却非常平静甚至是不无期待地接受了这安排，因为她给自己做了更好的规划。后来她对我说，她当时想了两条路：一是回归老本行，去做个医生，这条路，她有底子，也能迅速见收益，但当初放弃，就是因为不够喜欢，不选择也罢。第二条路是做一件全新的事，学画画。她没有画过画，但很喜欢，即使投入大而且不见得有回报，那过程是快乐的。作为一个行动派，她想好了立即就会去做，在这样一个宏大理想的推动下，不以物喜不以己悲也成了一件不难做到的事。

　　前面说了，老李的画我不懂，只是听懂行的人说，她进步飞快。我能看明白的是另外一些事，首先，她变得很忙，每天早晨一睁眼翻朋友圈，总见她在那里晒自己的早课，她一般五点钟起床，站着画上一两个小时的画，这是一个力气活，为了让体力跟得上，不画画的时候，她很注意锻炼与养生，经常步行数公里，又成功地达到了瘦身的目的。

　　其次，她变得很快乐，时刻都有种在路上的昂扬。我不由自省，为何我比老李更年轻，倒成天一脑门官司？是否因为我不像她那么爱学习，学习是一件具有飞跃姿态的事，它轻而易举地越过世间琐屑，翱翔在透明湛蓝处。

　　归根结底，老李永远能够化腐朽为神奇，还是因为她只做有建设性的事。这可不是一件容易做到的事儿，负面情绪比正面情绪更有诱惑力，推诿可以减轻压力，郁闷与悔恨可以使我们不用立即直面人生，纠缠于细枝末节，就可以装作看不见那些更为重大的命题，负面情绪是一张温床，尽管知道赖床只会让人越来越沮丧，我们却缺乏一跃而起的勇气。

诚如老李所说，这样的"知"并不是真正的懂得吧，真正的懂得，是一种俯视，看清自己的目标与局限，就能拒绝与负面情绪的这种暧昧，她不受伤，也不疗伤，大度，辽阔，爽朗，风暴扑面而来，她只管踏着碎琼乱玉，一路向前。

我曾向老李请教她何以能做到，她说因为她曾经是个肿瘤科医生，见多了生死，知道孰重孰轻，琐屑繁难终究会成为过眼云烟，不断做事的过程，却能带来货真价实的快乐，不知老之将至。她的话让我羡慕，说到底，每个人能拥有的只有自身、自身的现在，而一个只做有建设性的事情的人，永远持有最好的现在，再由这些现在，攒成最好的未来。

阅读是一座随身携带的小型避难所

我妈有两个舅舅，我喊舅姥爷，受出身之累，他们都没有结婚，也没有孩子。老兄弟俩相依为命，一个特别能干，一个有点窝囊，很像《熊出没》里的熊大和熊二。

能干的是大舅姥爷，家里地里都是一把好手，当过货郎，进城给人看过大门，还有一手好厨艺，村里人办红白喜事都会请他去帮忙，他生得也庄重，眉目间不怒自威。

相形之下，小舅姥爷就太逊色了，笨嘴拙舌，笨手笨脚，稍稍复杂一点的事儿，到他那儿都成了高难度。有一个笑话在他们村流传了很多年，说是有次大舅姥爷让小舅姥爷赶集时买点红芋叶子，晌午，集散了，小舅姥爷拎着个口袋回来了，大舅姥爷看到那口袋就觉得不妙，打开来，根本就是一包糠。大舅姥爷勃然大怒，脱了鞋子朝小舅姥爷扔去，小舅姥爷一边躲，一边嗫嚅着分辩："人家说了，这是好红芋叶子揉的糠。"

两个舅姥爷，强弱搭配，勤扒苦做，却因了早年极度困窘的阴影，一分钱也舍不得妄花。村里跟他们情况差不多的人，后来都趔摸着寻个寡妇，或是托人从外面"带"个女人，白头偕老者有之，鸡飞蛋打者也有之，他们却只是冷眼旁观，转过头，依旧日出而作日入而息，长年累月咸菜下饭，把我爸送的旧衣服，都穿到褴褛。

在我们看来,这两个舅姥爷,当然是很惨,很值得同情的,但是有一次,在我家,大舅姥爷说起小舅姥爷,叹了口气,说:"唉,也算活了一辈子。"言语间很不以为然，还有点恨铁不成钢，让我突然意识到，在比惨的世界里，小舅姥爷处于最末端。也是，大舅姥爷好歹还有份骄傲支撑着，小舅姥爷呢，就少了这份自我认定，他似乎很容易就被他的命运整瓜了。

即便这样，我还是觉得哪里不对劲，假如大舅姥爷的人生价值要由自己来定，小舅姥爷的不也同样？如果大舅姥爷没结婚没孩子没吃上好的穿上好的仍然觉得自己没白活，小舅姥爷可不可以把这辈子活得乐呵呵的当作价值所在？

我打小爱和奶奶去乡下，总见小舅姥爷愉快地出来进去，有时挎着篮子下地割草，有时像带着队伍似的领着羊群回家，更多时候，他歪在床上看书，那会儿乡下还没通电，煤油灯的影子摇摇晃晃，他看得忘我。大舅姥爷没法使唤他干活，辄有烦言，他总是一笑了之。我有次凑过去看是本什么书，封面用旧报纸整整齐齐地包了，上面有四个毛笔字，"封神演义"。

我于是跟他借，正看得入神的小舅姥爷舍不得，打开床头那个白茬箱子，让我另挑一本。整整一箱子书，有《三侠五义》《岳飞传》《水浒传》等等，每一本都包了书皮，毫无破损，只是被摩挲出了一种包浆般的油润感。

我拿了一套《三侠五义》去看，看完再换别的。那个暑假，我掉进了各种演义的世界，在这个世界里，我还有一个熟人，就是我小舅姥爷。不管是饭桌上，还是在他用铡刀铡猪草时，一聊起书里的人与事，一向寡言的他，眼睛不由得发亮，话也稠了起来。

他见识不高，开口就是："武则天坏啊，女朝廷。"他对曹操刘备的认识，也不超出《三国演义》提供的内容，但是他对那个世界非常认真，王侯将相、三教九流，仿佛都住在他家隔壁，他更熟谙那些刀枪剑戟，知道有神通广大的人如疾火流星，与各自的命运狭路相逢……两者对照，很难说，他对哪个世界更投入一点。我猜，就是这种投入，让他不为现实中的不如意所伤。

我曾把舅姥爷的故事写下来，投给一家报纸，当时他们在搞一个征文，主题是"阅读改变人生"。最终我的文章没有入选，刊登出来的，都是各种励志故事，通过阅读，他们当上了老师，做起了生意，去了外面的世界，他们的人生，被阅读确切地改变。

这些当然都是非常重要的改变，但我不认为小舅姥爷的那种改变就没有意义，贫困固然是一种不幸，平庸乏味也是，毛姆说，阅读是一座随身携带的小型避难所，这是个好比喻，阅读如同一束光，能够瞬间化平庸为神奇，像一根救命稻草，将你从各种不幸的泥潭里打捞出，它还可以是一种外援，让你在风暴中站稳脚跟，安顿好现在与未来。

几年前，我所在的那个行当，有两个高官相继落马。这俩人我都知之甚少，只知道一个是从最基层上来的，没上过什么学，气场强，气势足，官声不佳，但据说政绩不俗。另一位印象更浅，只听说是科班出身，不像前者那么有魄力。

在强大的证据面前，两人都选择了认罪，但认罪时的姿态，大有不同。有中层看过"霸道总裁"的忏悔视频，说，他非常失控，曾经那么威风八面的一个人，哭泣，畏缩，求饶，人也瘦了很多，满头白发，一看就是处在崩溃边缘。他后来被判了十几年，结果一下来，他彻底失常了。

平时不愠不火的那位，则平静得多，新闻里曾很简短地放了一段庭审过程，他高度配合，但说话间依然注意字斟句酌，我甚至感到，正是字斟句酌的习惯帮了他，让他不用把所有的注意力放在恐惧上。

此人后来被判得很重，有人去看他，谈起这场变故，他说，是他读过的那些书救了他。他过去也爱读书，但只是自以为读过，出事之后，他想起书中字句，才明白了其中真意。现在他在里面，倒能专心读几本书，要是还像过去那样，他起码要少活十年。

我对贪官没好感，但这件事却让我感到阅读的巨大力量，不管你是怎样的人，在怎样的处境中，只要你曾珍重地对待过它，它都会以某种特别的方式，给你以救赎。

至于我自己，我灵魂不强大，又非常情绪化，时刻准备怒从心头起，一不小心就万念俱灰。还好我还有阅读这种爱好，它像一个最好的中间人，将我与纠缠得难分难解的生活拉开，片刻隔离之后，回头再看，神马都是浮云。阅读能治百病，更妙在成本低廉。只可惜此身非吾有，明知道读书是这么好的事，也无法全情投入。

活到这把岁数，我渐渐不再羡慕别人的生活，唯一羡慕的，是站在公交车站牌下，也能读得进哲学书的人。周围喧嚣繁杂，人人都在翘首望向远方，公交车照例迟缓得让人绝望，唯有那个把自己放进白纸黑字的人，掌控着自己的节奏，时时刻刻都在天堂。

你要抛弃温暖的自怜自伤,撕开人生真相,这个真相就是,即使在狭仄的空间里,最终能毁灭你和成就你的,都是你自己。

DECIDE.

是你自己决定你的一生

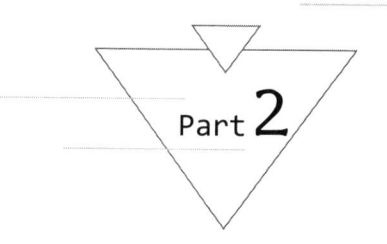

Part 2

被误读的林徽因和金岳霖

1934年，春寒料峭时节，林徽因坐在她位于北京总布胡同的家中，托着头，掉着眼泪，继续着她长达24小时的烦恼。像过去曾有过的许多次那样，梁思成严重地冒犯了她，且没有道歉与示好，就乘火车南下，往大上海去也。

这场景很难让我不想起钱锺书发表于1945年的那篇《猫》，在这篇小说里，钱锺书不惮用最为刻薄的文笔，描述了一个虚荣无聊的"太太沙龙"，有心人很容易在里面认出沈从文、朱光潜、徐志摩、林语堂等等，那位"太太"，则疑似整个北平最为出名的沙龙女主人林徽因。

在小说的最后，他写道，"太太"最终被她丈夫所伤害，她在家中痛哭流涕时，他正坐在开往上海的火车上。

钱锺书能像隔着玻璃似的洞察这一切，大约因为他看到了林徽因后来在给沈从文的信，里面描写了这场面，当然也有可能该细节纯属虚构，作家确实常有这种超能力，让生活模仿他的作品。不管什么情况，钱锺书对林徽因多有奚落，他某些方面有点像孙悟空，太喜欢逞能，以至于对美人都缺乏敬意，虽然足够谐趣，未免太不懂风情。

扯远了，让我们再回到文首林徽因生命里那个"黑暗"的时刻，她正陷入对于婚姻与人生的思考中。"前前后后，理智的，客观的，把许多纠纷痛苦和挣扎或希望或颓废的细目通通看过好几遍"，她"感到一种悲哀，失望，对自己对生活全都失望无兴趣"。她说："我觉得我这样的人应该死去。"

每个女人一生里都有许多这样的时刻吧？跟丈夫怄气，从而怀疑整个人生。陷入情绪苦海中的林徽因，就是在这个时候收到了沈从文的来信，这封信是一根稻草，瞬间将她带出痛苦的泥淖，云开雾散般地兴奋起来。

在这封信里，沈从文讲述了自己和女作家高青子的情爱，这件事倒也平常，关键点在于，张兆和已经知道这件事，并为之痛苦。"他不能想象这种感觉同他对妻子的爱情有什么冲突。当他爱慕和关心某个人时，他就是这么做了……他可以爱这么多的人和事，他就是那样的人嘛。"（费慰梅《林徽因与梁思成》P81）

林徽因没想到，"像他那样一个人，生活和成长的道路如此不同，竟然会有我如此熟悉的感情"。这让林徽因非常激动，仿佛沈从文的这段婚外情像一个从天而降的桥梁，把一团乱麻的她，引渡到光明的彼岸。

再次强调一下，这是 1934 年，而梁思成的遗孀林洙说，林徽因对梁思成坦白她爱上了老金，大约在 1931 年，当时金岳霖住在他们家后面的院子里（但金岳霖说是 1932 年才搬到总布胡同的，梁思成记忆或有误），跟他们往来甚为密切。梁思成痛苦地思索了一夜，表示可以退出，老金却因此发现梁思成才是最爱林徽因的人，他表示他可以退出。若只是一个故事，到这里确实可以结尾了——从此，他们各自过上了幸福的生活。

然而，感情如流水，怎么可能抽刀而断？就算大家说清楚了，这里面的每一个人，都依旧面临着自己的难题。他们不能够控制自己的情绪，不能装作什么事也没发生，林徽因的痛苦，大概就源于她那迷乱的情绪，可以想象，梁思成和老金，同样需要这么一个缓冲期，让自己的心情软着陆。

这是大多数"三人行"的故事必经的一个时期，接下来，大家都要做出选择。沈从文最终选择了张兆和，放弃了高青子，而另外一些人，放弃了原配，选择了"真爱"。不管是怎样的选择，总要有一个出局，这是人性中的占有欲使然，即便说好了你只是默默守望，可是在卧榻之侧，我总觉得有那么点不得劲儿。

林徽因、梁思成与老金的故事却不是这种走向，在经历了文首提到的那段翻涌之后，他们依旧在一起。在北京时，老金始终住在林徽因家屋后，抗战爆发后，他们辗转南迁，从昆明到川西小镇李庄这一段路，老金一直在他们左右。

在李庄的那段日子，困苦里却也不乏乐趣，林徽因写给费慰梅的信里，生动地描述了"他们仨"在一起的情景："思成是个慢性子，愿意一次只做一件事，最不善处理杂七杂八的家务。但杂七杂八的事却像纽约中央车站任何时候都会到达的各线火车一样冲他驶来。我也许仍是站长，但他却是车站！我也许会被碾死，他却永远不会。老金（正在这里休假），是那样一种过客，他或是来送客，或是来接人，对交通略有干扰，却总能使车站显得更有趣，使站长更高兴些。"

这种描述已经足够风趣，而金岳霖的附言更是锦上添花："当着站长和正在打字的车站，旅客除了眼看一列列火车通过外，竟茫然不知所云，也不知所措。我曾不知多少次经过纽约中央火车站，却从未见过那站长。而在这里却实实在在既见到了车站又见到了站长。要不然我可能会把它们两个搞混。"

原谅我，在如此长的两段引用之后，我还要放出车站的声音，这个车站比站长和乘客要严肃一点，但他的严肃中一样透着幽默感："现在轮到车站了：其主梁因构造不佳而严重倾斜，加以协和医院设计和施工的丑陋的钢铁支架经过七年服务已经严重损耗，从我下面经过的繁忙的战时交通看来已经动摇了我的基础。"

三个人都是妙人儿，而且必须是他们三个人在一起时才能如此有趣，如此澄澈、明朗，就像三个未经世事的同学，依旧走在青春的光影里，而远景，是战火与硝烟。从一九三二年到一九四〇年，已经过了好几年，那些烦恼的波澜似乎平息，他们从世事里沉淀出另外的一种东西叫做友谊。

晚年的金岳霖也是这样说，在《金岳霖口述回忆录》里，他提起他和林徽因、梁思成的友谊，特意说道："爱与喜欢是两种不同的感情或感觉。爱说的是父母、夫妇、姐妹、兄弟之间比较自然而然的感情……喜欢说的是朋友之间的喜悦。它是朋友之间的感情。我的生活差不多完全是朋友之间的生活。"这让我无法不怀疑，金岳霖后来的逐林而居，乃至于终身不娶，并非是"同心而离居，忧伤而终老"，而是在经历了一个不算太长的纠结痛苦期之后，他们三人，最终顺利地将那感情转化成三个人的伟大友谊。

许多人不愿意朝友谊上想，宁可祭出像"她是一个聪慧的女子，让徐志摩怀想了一生，让梁思成宠爱了一生，让金岳霖默默地记挂了一生，更让世间形色男子仰慕了一生"（白落梅《你若安好便是晴天》），这种看似高度赞美，实则不怀好意的句子。也许是因为，太多人，不相信男女之间有友谊，尤其是不相信，相爱过的男女之间会有友谊，这也难怪，这世上，确实不是每个人，都配有友谊这样东西。

爱情是刚需，不管是惊天地泣鬼神的爱情，还是做伴搭伙过日子的爱情，乃至于红杏出墙节外生枝找刺激的爱情，人们通常会觉得这辈子总得有一份。一开始就志在必得，便能无中生有，将微小细节美化，虚荣心、占有欲统统能够为之添砖加瓦，令心旌摇荡，目眩神迷，最终人手一份，皆大欢喜。

友谊比爱情更高级，没有情欲、虚荣心、安全诉求等各样成分的支撑，它孑然独立，清淡，清幽，此中有真味。人们不会主动追求——只听说过求爱，谁听说过求友？所以它只能碰上，碰到一个人，不为任何结果地喜欢你，因友谊而起的喜欢，只是因为你值得喜欢。

这样说似乎有点抽象，且让我试举个也许不那么恰当的例子。1925年，胡适曾和陆小曼打得火热，书来信往，言辞亲昵，以英文调情，双方都很来劲。但当陆小曼嫁了徐志摩，胡适便对她兴趣缺缺，徐志摩去世后，陆小曼盼星星盼月亮般等待胡适帮她主持公道，跟徐家要赡养费，胡适表现得很淡漠。原因无他，他当初是对一个"女人"感兴趣，不是对一个"人"感兴趣。当她嫁给自己的朋友，作为"女人"的一面对自己失去意义时，他的兴味索然也就不难理解了。

很多男女间的交往大抵如此吧，求之不得便一拍两散。友谊则不然，即使你不是我的，不是这样美丽动人，甚至于，你不是异性是同性，你对于我，依旧是有价值、有吸引力，值得我仰慕，如此，才可能生发出友谊。

而林徽因，就是一个值得拥有友谊的女人。

"沙龙女主人"这个词很容易给人误导；钱锺书的《猫》和冰心的《我们太太的客厅》又相继推波助澜——虽然冰心否认她是影射林徽因而钱

锺书写那篇小说时并不曾与林徽因为邻，但太多细节可以对号入座，让人不浮想联翩也难；还有那个挨千刀的徐志摩，写下那首疑似影射林徽因的《拿回吧，劳驾，先生》，坐实她群发问候信的传说（本人另有文章为林徽因辩诬）。这些加在一起，让很多超越了《你若安好便是晴天》那个层次的读者以为，林徽因就像《围城》里的唐小姐，攥一把男朋友在手心里玩。

但事实上，林徽因的魅力，恰恰与她的性别优势无关。

她急躁，热情，一点儿也不矜持。看她写给朋友的信，都是肺腑之言，而没有让你遐想的余地，"名媛"们长袖善舞的风情，在她身上不曾出现。她还话痨，无论是"太太沙龙"，还是饭局上，只要她一出现，别人就没有说话的余地。她不是范柳原说的那种，善于低头的女子。

晚年的金岳霖，回忆起林徽因种种，印象最深的，也是她爱着急。他记得她曾想写一首诗，念叨了很多遍，总是写不出来，她非常急。这个看似偶然记起的细节，正是林徽因最具有魅力的地方，她比当时的大部分女人，都更想做更多的事，活得更精彩，用足气力，雕刻好自己的一生。

金岳霖做对联，打趣她和梁思成是"梁上君子林下美人"，她不悦道，什么美人不美人的，好像一个女人闲着没事做似的，我还有好多事要做呢。

她写诗作文兼搞翻译，她研究古建筑，在二十世纪三十年代，换乘包括汽车洋车驴车在内的各种交通工具,去山西考察,从同行者费慰梅的笔下可以看出,那场旅行苦不堪言,但林徽因乐在其中。她最怕的是"平庸处世,做妻生仔地过一生"。

建筑学我不懂,单就文学创作而言,她不算很有才情,但用现在的话说"你造她有多么努力吗"?这句话因为某些脑残粉的推广变成一个笑话,但是,无论如何,努力是一件有价值的事,它让一个人显得生机勃勃,显得对生命充满诚挚,显出一种不惧怕命运不随波逐流的勇气,让一个人,永远不会被俗世拽下去,以"和光同尘"的名义,变成它的一分子。所以金岳霖给林徽因做的挽联是:"一身诗意千寻瀑,万古人间四月天。"

你说是人形心灵鸡汤也罢,在我看来,这个急吼吼地赶着去做事的女人,有一种在路上的动感之美,她一个人就能把自己活得很充实。就算你做不了她的爱人,也会感染到她对人生的那种认真劲儿。单是做朋友也很好,这种"很好",倒不是备胎的退而求其次,那友谊,同样能滋养你的人生。

反过来,林徽因自己,也更看重那些与性别无关的情意,她虽然拒绝了徐志摩,但在给胡适的信里,她说她怀念徐志摩给予自己的"富于启迪性的友谊和爱"。

相形之下,那些美人,是不能与你的人生互动的,她们就像屏风上的画，摆出个慵懒的姿态，等你用一个强有力者的姿态去怜惜，当你不打算不能够怜惜她，她就无法对你产生影响。

晚年的金岳霖谈起徐志摩，说："林徽因被她父亲带回国后，徐志摩又追到北京。临离伦敦时他说了两句话，前面那句忘了，后面是'销魂今日进燕京'。看，他满脑子林徽因，我觉得他不自量啊。林徽因梁思成早就认识，他们是两小无猜，两小无猜啊。两家又是世交，徐志摩总是跟着要钻进去，钻也没用！徐志摩不知趣，我很可惜徐志摩这个朋友。"88岁的金岳霖，似乎忘了，他也差点"破坏"了林徽因和梁思成的"两小无猜"，我只能理解为，他用友谊替换爱情太久了。

不是所有的友谊都能变成爱情的，能变成友谊的爱情，本来就有友谊的基因；不是所有的男女之间都有友谊的，能拥有异性友谊的人，一定是有更精彩的东西，超越了性的吸引。

行文至此，回想林徽因和梁思成的关系，爱情亲情之外，亦有友谊的因子。比如说，当林徽因遇到感情困惑，居然首先想到向梁思成请教，当她苦闷地坐在梁思成面前，妻子丈夫的身份统统隐遁，她提出自己的疑问，请他帮助解答。能够这样，正是他们长期以来，婚姻生活中的友谊成分使然。

喧响止息，空山若有人语，走过万水千山之后，友谊，才是上天最高的赏赐。

陆小曼眼中的林徽因：这个"万恶的前女友"

即使到了晚年，张幼仪依然不能原谅林徽因，她认为徐志摩与她离婚，必定得到了林徽因的鼓励，因为，他是个"连看部电影都没法做决定"的人。看得出，她对林徽因的怨恨，远远大过对陆小曼。

在张幼仪心中，林徽因也许是个可恨的"小三"，而在陆小曼心中，林徽因却是那个"万恶的前女友"，在她和徐志摩好上之后的很长一段时间里，都能感觉林徽因的阴影，浮现在她和徐志摩之间。

1922年3月，在金岳霖等朋友的见证下，徐志摩顺利地和刚生完孩子没几天的张幼仪离婚，他以为从此后便是自由天地，可以心无挂碍地去追求林徽因。不承想，这年10月，当他回到北京，却发现，早他一年回国的林徽因，和梁启超的儿子梁思成的婚事，"已有成言"。

像是当头浇了盆冷水，徐志摩受到极大的打击，他试图再次靠近林徽因，却被警惕的梁思成以特别的方式告知，他，起码暂时是一个不受欢迎的人。这种失落感延续了一年多，直到1924年4月，印度诗人泰戈尔访华时，徐志摩都没能从他的失意中挣扎出来，而且因为林徽因充任泰戈尔的翻译，他俩有了更多的接触的机会而更加难耐。有一张合影便是徐林二人分列泰戈尔的两边，吴咏的《天坛史话》中就有生动的描写："林小姐人艳如花，和老诗人挟臂而行，加上长袍白面，郊寒岛瘦的徐志摩，有如苍松竹梅的一幅三友图。"

美人如花隔云端，咫尺亦是天涯。5月下旬，徐志摩随泰戈尔去太原，林徽因在车站送行，当火车开动，看着她离开的徐志摩在车厢里给她写下这样一封信："这两日我的头脑总是昏沉沉的，开着眼闭着眼却只见大前晚模糊的月色，照着我们不愿意的车辆，迟迟的向荒野里退缩。离别！怎么的能叫人相信？我想着了就要发疯。这么多的丝，谁能割得断？我的眼前又黑了……"

这封信他没能发出，被泰戈尔的秘书恩厚之抢走放进自己的皮包里。

洞悉徐志摩这番苦恋的泰戈尔也对他深为同情，为他写下这样一首诗：

> 天空的蔚蓝
> 爱上了大地的碧绿
> 他们之间的微风叹了声"唉"！

但这一切，都不能改变林徽因的心意，看似徐志摩已经无法挽回地陷入死局，但是中国不还有句老话叫做"置之死地而后生"吗？就在1924年5月8日，在泰戈尔的生日会上，徐志摩认识了陆小曼，只是那时，他还不能从人群中确认，出现在眼前的这个21岁的女人，将会成为下一个让他倾注更多热情的灵魂伴侣，之后很久一段时间，他的目光，依旧围绕着在舞台上扮演齐德拉公主的林徽因，而陆小曼，将这一切看在眼中。

蓦然回首，那人却在灯火阑珊处。泰戈尔离开中国之后，林徽因也和梁思成赴美留学，接着在某个深夜的墙角，徐志摩和陆小曼确定了爱情。作为有夫之妇，陆小曼陷入双重的苦恼中，一方面，她要防备着丈夫王庚发现，另一方面，她感到了来自于林徽因（她日记里称为菲）的压力。

如今一说起陆小曼，都谓风华绝代，据说她"中外男宾，固然为之倾倒，就是中外女宾，好像看了陆小曼也目眩神迷，欲与一言以为快"。然而看陆小曼的日记，却在比她小一岁的林徽因面前有各种自卑："歆海讲得菲（林徽因）真有趣，他亦同他（指徐志摩）一般的痴，她果真有这样好么？一个女人能叫人在同时敬爱，那真是难极了，有一种人，生来极动人的，又美又活泼，人人看见了能爱的，可是狠少能敬的。我的人的本性是最骄傲的，叫我生就一种小孩脾气，叫人爱而不敬，我真气极了。看看吧，我拼着我一生的幸福不要，我定要成个人才。"

陆小曼并不缺自信，她经常诧异自己为什么处处招人嫉妒，为什那么多男人爱自己，或者爱看自己，弄得她好为难。但是，在林徽因那种让人"既爱且敬"的知性美面前，她的自信败下阵来，甚至于当她遗憾与徐志摩相见恨晚时，亦有这样的感叹："早四年他哪得会来爱我，不是我做梦么？我又哪儿有她那样的媚人啊？我从前不过是个乡下孩子罢了，哪儿就能动了他的心？"

看看，风华绝代的名媛陆小曼，在林徽因面前，居然自惭形秽地认为自己是个乡下孩子。究其原因，乃是与林徽因的留洋背景有关。1920年，16岁的林徽因被父亲带到英国，秋天，她考入圣玛丽学院，虽然只读了一年，就跟随父亲回国，但在当时的女孩子里可谓凤毛麟角。况且因为她天分极高，回国之后，她的举止投足间比别的出过洋的女生，更有西洋做派，且看她的每一张照片，都是那么优雅洋气，远非其他女子能比。而现在，她又一次出国了。

有这样一个劲敌在前，陆小曼的心情非常复杂，除了前面说的羡慕，她有时还恼恨于林徽因对于徐志摩的拒绝，"可惜这样一个纯白真实的爱，叫她生生的壁了回来，看得好不生气……他还说他不敢侵犯她，她是个神女，我简直不用谈这件事吧，我说起就发抖。"

陆小曼的心情完全可以理解。前面说林徽因是"万恶的前女友"不算妥当，前女友固然可恨，更可恨的，是那个没有接受你男人，却又让你男人不能忘怀的女人。何况还有多事者对她说："志摩爱徽因是从没有见过的，将来他也许不娶，因为他一定不再爱旁人，就是爱亦未必再有那样的情，那第二个人才倒霉呢。"陆小曼很难不把自己想象成那样一个受害者，她怀疑自己是个替代品："在他心里寂寞失意的时候，正如打了败仗的兵，无所归宿，正碰着一个安慰的心，一时关关心亦好，将来她那边若一有希望，他不坐着飞艇去赶才怪呢！"

对于陆小曼的这番心理起伏，林徽因无从得知，可就算她在万里之外，陆小曼还是感到这位女神对她人生的影响，在羡慕嫉妒恨的作用下，若是有机会撕下女神的画皮，陆小曼确实很难不跃跃欲试的。

这个机会，就是林徽因为众人所熟知的"人生污点"，她给多位异性朋友群发电报事件。

陆小曼日记里对这件事讲得很模糊，这里先请出大家所熟悉的版本做个前情提要。陈巨来的《安持人物琐忆》中写道：

> 据志摩与之（陆小曼）结婚后告以云，他在美哈佛大学时，与适之为最好同学，比他晚二班中有一女同学即林长民之女，与之最知己，奈徐已从小即与张幼仪结婚了。回国后发觉张氏与其父有苟且不端行为，故毅然与之离婚了（后张幼仪即居徐父处，认为义父，申如且出资开上海女子银行，张为经理也），离张后即致电美国林女处，告以此事，微露求婚之意。
>
> 不久，林女突来一电，内容云：独处国外生活苦闷，希望你能写一电对吾多多有以安慰，使吾略得温暖云云。志摩得电后，大喜欲狂，即写了一长电，情意缠绵，以为可得美人青睐了。次日即亲至电报局发电，

哪知收电报之人忽笑谓志摩云："先生，吾今天已同时收到了发给这位黛微丝的电稿四份了，你已是第五个了呀！"志摩不怿云："你不要胡说，这女士只有本人一个朋友呀。"这收发员遂立即出示其他四人电文示之。志摩一看，天啊，都是留美的四个老同学也（小曼说时只记得一人为张似旭，余三人已忘了）。

志摩气极了，即持了林之来电去询张似旭，你为何也去电的，当时张还以为志摩得了风闻，故意去冒他的，坚不承认。志摩乃出林电示之，张似旭大忿，亦出原电示之，一字未易也。于是二人同去其他三人处询问，都是初不认承，及出电互相同观，竟是一个稿子也，五人大怒，遂共同签名去一电大骂之，与之绝交了。

这段话错讹百出，徐志摩没有跟胡适同过学，林徽因也没有当过徐志摩的小师妹，至于张幼仪和徐志摩父亲的苟且行为更是无稽之谈，这些都不是本文所论重点，只说陈巨来所言，这些事都是徐志摩婚后告诉陆小曼的，那么，它为什么会出现在陆小曼婚前的日记里呢？

按陆小曼日记所载，她记得的也不止一个张似旭，起码还有个张歆海，而林徽因发来的，也不是"一字未易"的电报，而是完全不同的长信。

张歆海（1898—1972），字叔明，浙江海盐人。1916年考入北京清华学堂，两年后以优异成绩毕业，并赴美留学，入哈佛大学，1922年获英国文学博士学位，也算当时俊杰。

她说徐志摩和张歆海都收到了林徽因写来的信件,徐志摩忙去发电报,张歆海随后而至,那情形,正如徐志摩1926年6月3日发表在《晨报副刊》上的那首《拿回吧,劳驾,先生》里所描述的:

啊,果然有今天,就不算如愿
她这"我求你"也就够可怜
"我求你",她信上说,"我的朋友,
给我一个快电,单说你平安,
多少也叫我心宽。"叫她心宽!
扯来她忘不了的还是我——我,
虽则她的傲气从不肯认服,
害得我多苦,这几年叫痛苦
带住了我,像磨面似的尽磨!
还不快发电去,傻子,说太显——
或许不便,但也不妨占一点
颜色,叫她明白我不曾改变,
咳!何止,这炉火更旺似从前!

我已经靠在发电处的窗前
震震的手写来震震的情电,
递给收电的那位先生,问这,
该多少钱,但他看了看电文,
只看我一眼,迟疑的说,"先生,
您没打重打吧?方才半点钟前。

有一位年轻先生也来发电，
那地址，那人名，全跟这一样，
还有那电文，我记得对，我想
也是这……先生，你明白，反正
意思相像，就这签名不一样！"——
"唔！是吗？呃，可不是，我真是昏！
发了又重发；拿回吧！劳驾，先生"——

看这首诗，倒像是有人还赶在徐志摩前面，不知道是徐志摩写诗时为追求效果调换了顺序，还是，在他和张歆海之前，更有早行人，难道是那位张似旭？不管怎样，这不是愉快的邂逅，而比这几位难兄难弟更加生气的，是陆小曼。

陆小曼可能先从徐志摩那里听到，后来又听张歆海说起，她说，"我气极了。"也许是气林徽因浪得虚名，也许是气她的男人被欺负了，反正她要伸张正义了，她伸张正义的方式就是，要将此事广而告之。"说出来亦好让人知道她是怎样的人。"她把这件事告诉了凌叔华，凌叔华又告诉陈西滢，陈西滢又跑去问张歆海，张歆海非常生气，质问陆小曼，还要打她，不过，我严重怀疑，这个"打"，有一半是打情骂俏的意思。

张歆海之前爱慕过林徽因，此时正在追求陆小曼，他和徐志摩是好友，谈起恋爱来也同步骤。"那些年，我们追过的女孩"，要放这几位身上，那可是个连续剧哦。

陆小曼仗着张歆海正恋着她，说了很多泄愤的话，比如"她那样拿你们玩儿，你们还想瞒人么？"张歆海丧气罢手，只是提出要和陆小曼交换林徽因的信件看——徐志摩的信，都在陆小曼那儿保存着。看完之后，张歆海叹息，徐志摩没有希望，陆小曼也认为，从那些信里看，林徽因对张歆海更加热情。所以，后来当张歆海成天坐在她家里眼泪汪汪地追求她时，陆小曼不客气地对他，上次你的爱的待遇比志摩好，这次可不行了。

她终于替他们家志摩争了一口气，虽然这时她还是王庚的老婆。

那么林徽因果然如陆小曼所言，群发邮件"玩儿"这些男人吗？我倒认为，也不尽然。

好吧，让我们详细地谈谈林徽因"群发电报"事件。

上篇里我引陆小曼的日记为证，林徽因给她的朋友们发出去的是一束信件，而不是如陈所巨所言，群发了"一字未易"的电报，徐志摩那首《拿回吧，劳驾，先生》也证实了这一点。

寄信与群发电报的性质完全不同。

若是群发了"同一个稿子"的电报，当然是戏耍。而寄出一束信件呢，我们先来做个现场还原，当时林徽因和梁思成在异国他乡，他俩相处得不很顺当,这个 20 岁的女孩,想家想朋友想念过去的时光,实在太正常,何况,她在北平城里有那么多谈得来的朋友。从徐志摩到张歆海,都曾与她一起演戏、谈文学、参加各种活动,她于是给他们一一写了信,这很奇怪吗?那年月,文人之间经常书来信往,且看看胡适日记,几乎每天都在写信、寄信,给好几个人。

徐志摩说那信里说:"我求你,我的朋友,给我一个快电,单说你平安,也叫我心安",看似口气过于亲密,但一则可能是文学加工,再则当时的文人信件,比这更亲密的不知有多少。

徐志摩给凌叔华的信里写:"你真是个妙人儿,真傻,傻得妙,妙得傻……"他们还是一般意义上的朋友。让徐志摩最兴奋的,也不过是信里提到了"心安"这个词,原也是普通的词,但提到"心"了啊,就像《围城》里的那位褚慎明,听到苏文纨说了一个"心"字,马上手忙脚乱,心如撞鹿,眼下,徐志摩也像他似的,顿起连绵绮思。

此外应无更为刺激的字眼了,因为,张歆海看过林徽因写给徐志摩的信之后,都说"志摩没有希望"。那么,是否林徽因写给他的信更那啥?陆小曼说过,他在林徽因那里得到的爱的待遇比徐好,似乎林徽因对他更为青眼有加,但如果张歆海真的得到更多的暗示的话,他就不可能在看到林写给徐的信之前,认为"志摩有希望"的,他的待遇只是略好,还没到让他忘乎所以。

他并不是一个持重的人，否则就不会天天到朋友的情人、有夫之妇陆小曼家里坐着，哭哭啼啼地求她爱自己，若是林徽因暗示再多一点，都不知道他会颠倒痴狂到何种地步了。

到了这儿我们可以看出，只是身在美国的林徽因给她北平的朋友们写了一组问候信而已，女神在大洋彼岸掀动一下翅膀，北平的文化界就起了大的风浪，从徐志摩到张歆海，都争先恐后地奔往电报局，也就有了《拿回吧，劳驾，先生》里描述的那出闹剧。

事到如今，我倒替林徽因后怕，若她只给徐志摩一个人写信，天知道他会闹腾到什么地步。林徽因对他的口气甚至不如张歆海热情，大概也是怀着一点戒心，但她天生强势，以为她的磊落，能让男人们屏退于禁区之外，而和她做纯友谊的交流。

也有人将林徽因的问候信指为高级调情。这也是中国国情，自古男女授受不亲，但凡有交往，或有想要交往的愿望，就必然是心怀鬼胎。谈人生谈文学什么的更是可疑，君不见琼瑶笔下，男女恋爱的前奏总是"看雪看月亮从诗词歌赋谈到人生哲学"。

用交换书名的方式谈恋爱，用叙交情的方式试探，这样做的人一多，就使人忘记，真的有人，特别喜欢谈文学，对可以交换思想的友谊有着真实的需求。

林徽因似乎就是后面这种人。

无缘得见林徽因写给徐志摩他们的那一束信件，但林徽因另有写给沈从文、胡适、朱光潜等异性朋友的信，那些信恳切、热诚、发自肺腑，而且，她真的是太喜欢谈文学谈人生了，并不见丝毫暧昧。

林徽因为什么那么喜欢谈文学谈人生？这跟她的求知欲有关，她母亲是姨太太，且已失宠，她获得的宠爱都是自己挣来的，她打小求知欲极强，被她父亲视为天才；另一方面，也跟徐志摩对她的影响有关。让我们闪回到1920年，看看徐志摩如何影响了她的一生。

1920年的春天，林徽因跟父亲来到英国，她后来的英伦记忆里，总是没完没了的大雨，父亲到瑞士国联开会去了，"我能在楼上嗅到顶下层楼下厨房里炸牛腰子同洋咸肉。到晚上又是在顶大的饭厅里（点着一盏顶暗的灯）独自坐着（垂着两条不着地的腿同刚刚垂肩的发辫），一个人吃饭，一面咬着手指头哭——闷到实在不能不哭。"

徐志摩就是在这个时候出现在她生活中，有他那个时候的照片，白皙，修长，戴着一副黑框眼镜，看上去非常斯文，但就在这斯文的外表下，他又具备着非同寻常的、热情的能量。他曾在大雨天里到桥头等彩虹，被淋成落汤鸡也在所不惜，林徽因问他怎么就知道雨后必有彩虹，他笑答："完全是诗意的信仰。"

林徽因唯一的闺密费慰梅说："多年后听徽因提起徐志摩，我注意到她对徐的回忆总是离不开那些文学大家的名字，如雪莱、济慈、拜伦、曼殊菲尔、伍尔芙。我猜想，徐志摩在对她的一片深情中，可能已不自觉地扮演了一个导师的角色，领她进入英国诗歌和英国戏剧的世界，新美感、新观念、新感觉，同时也迷惑了他自己。我觉得徽因和志摩的关系，非情爱而是浪漫，更多的还是文学关系。"

林徽因本人，亦曾在给胡适的信里肯定过徐志摩之于她的意义："我也不会以诗人的美谀为荣，也不会以被人恋爱为耻……我觉得这桩事人事方面看来真不幸，精神方面看来这桩事或为造成志摩为诗人的原因，也给我不少人格知识上磨炼修养的帮助……我觉得我的一生至少没有太堕入凡俗的满足……志摩警醒了我，他变成一种 stimulant（激励）在我的生命中……"

她同时说明她不会爱他，"这几天思念他得很，但是他如果活着，恐怕我待他仍不能改的。也许那就是我不够爱他的缘故"。

她分得清思念与爱的差异，但别人分不清。像冰心就不客气地说："志摩是蝴蝶，而不是蜜蜂，女人好处就得不着，女人的坏处就使他牺牲了。"冰心眼中只有男女，对男女之外更多的东西是忽略不计的。

扯远了，还说 1920 年到 1921 年，徐志摩不自觉地扮演了这个 16 岁少女的精神领路人，灌输给她崭新的知识与文学理念，亲力亲为地展现出一种奔放不羁的活法，尽管这种活法给张幼仪带来很大的伤害，但在他极力取悦的那个少女眼中，无疑是非常神奇的。只是，接下来他们的故事与言情小说大相径庭，他爱上了她，她却没有那么爱他。

很多人考证林徽因那时有没有给徐志摩以暗示，她是否在诱惑他之后又抛弃他，张幼仪怨恨她也是因为这点，最可恨的不是小三，而是那个得逞后又放弃的小三。但在没有证据的情况下，我们且以常理推之，林徽因当时已经跟梁思成见过面，父亲推荐给她的男孩，诚恳谦和，家境不俗，她为什么要另选一个已有妻室的男人，亲手制造出一个弃妇，作为一个弃妇的女儿她还没有受够吗？

当然，爱情来了，会"欲"令智昏，但看林徽因的一生，都是一个有意志力的女人，她后来爱上金岳霖，首先想到的，是向梁思成请教，说明她不会跟随自己的欲念，而是让理智做主。这是天性使然，也跟她的背景有关，前面说了，她得到的宠爱都是自己争气上进挣来的，她不可能像极有安全感的陆小曼那样任性胡闹。

她给胡适的信里说道："我的教育是旧的，我变不出什么新的人来。"听其言观其行，并无出入，她可能根本就没在徐志摩和梁思成之间做过选择。

所以，如费慰梅所言，林徽因和徐志摩的关系，更多的是文学关系。只是，这种浪漫的文学关系影响了林徽因的一生，看林徽因写的诗，常有徐志摩诗作的影子,她后来那样孜孜于跟人高谈阔论,尽力追求自己的所爱,无视他人的目光,徐志摩也脱不了干系,而这种过于奔放不羁的做派,差点影响了林徽因的婚事。

上篇里引用陈巨来的那篇文章,提到梁思成抢着去为林徽因买烟台苹果而被撞折了腿,后来还有人讹传为买大鸭梨,但事实上,梁思成的腿,是1923年参加北京学生示威游行时,被北京军阀金永炎的汽车撞伤,他母亲李夫人还特地跑到总统府闹了一场。

梁思成因腿伤入院,林徽因天天跑去看他,不避嫌疑地帮他擦汗,在当时,一个未婚姑娘这样做实在是越格,本来就对"现代女性"缺乏好感的李夫人极其不爽,坚决反对这桩婚事,直到李夫人去世之后,梁思成和林徽因的订婚仪式才在北京举行。

作为旧式女人,李夫人作如是想不难理解,让人费解的是,很多受过新式教育的人的想法并不比她高明太多,给男人写信是挑逗,谈文学是调情,搞沙龙是招揽裙下之臣,总之,在哪儿哪儿都敏感的人眼中,女人,也许就像有个在台湾被抵制了的广告所言,"不是在诱惑,就是在被诱惑",他们无法想象一个女人还有别的追求。

好在,林徽因以她一贯的磊落与强势,将这些置之度外,她一直不放弃与人交流的快乐,写信邀请她喜欢的作家来聊天,而老金也一直住在她家后院,梁思成完全理解这一切,因为有她的意志力与节操作担保。

在我看来，这才是真正的敢爱敢恨，勇敢的背后是承担，而不是，弄一个烂摊子让别人承担。

她不是被人意淫出的白莲花，她急躁，话痨，多管闲事，真性情，不像有些人想象的那样沉静矜持；但她也不是被另外一些人妖魔化的绿茶，林黛玉对薛宝钗说的，以前人人都说你好，我只当你心里藏奸。女人对男人都说好的女人也有这种怀疑，怀疑她心里藏奸。真实的她，在她的信件与文章里，只是愿意读她的传记的人多，愿意读她自己的文字的少。

萧红：只因她贪恋泥淖里的温暖

最早看到的萧红的文章，是《小城三月》，讲述东北一个端庄的小城里，一个女孩子温柔而隐秘的爱，萧红的笔调清清淡淡，不刻意渲染，却传递出了无尽的伤感。

又看了一些，与张爱玲的浮金焕彩的华丽气象不同，萧红笔下是一派近乎稚气的天然，像一个孩子无心的讲述——那个孩子就坐在姥姥家的门槛上，没心没肺地饶着舌，可是沉重与悲哀终于从言语间带了出来，那个孩子的脸，也被阴影遮住了一半。

喜欢这样的文字，难免会关注到作家的生平，这方面的内容不多，零零星星地积攒下来，渐渐有了个整体印象，而这整体印象，正如那孩子脸上的阴影，一种无辜的惨伤。

萧红不长的一生里，大致跟过三个男人，每一个男人对她都不好，第一个男人曾与她订婚，但萧红莫名其妙地跟另外一个男人出走了，过了一段时间再回头找这位未婚夫,被对方家人逐出门外。这未婚夫也似是个有情有义的,把萧红安置到一个地方,两人同居数月,等到萧红的肚子渐渐大起来时,未婚夫突然无影无踪了,结合整个事件来看,简直像个有预谋的报复。但是,就算是一个报复,仍比萧红后来遇到的男人对她还要好一些,起码这个男人给她留下的是一个谜团,而不是确凿的侮辱与冷漠。

第二个男人是萧军,很多文章喜欢把他的形象描写得很正面,与反面的端木蕻良做对比,可是,据说,有一次,萧红的脸上有一块青肿,朋友问她怎么了,她说是跌伤的,萧军冷笑道,别不要脸了,什么跌伤的,还不是我昨天喝醉了打的。要不是转述这话的是个小有名气的作家,我简直要怀疑是无中生有的传闻,一个文明的男人,怎么可能说出这样的话,粗暴地撕下那女子最后一点遮掩,冷酷的语言比拳脚伤害更重。

至于端木,就更不用说了,他对于萧红的文字都轻视,他当着她的朋友的面,读她写的关于鲁迅先生的文章,鄙夷地笑个不停:这也值得写,这有什么好写?对于一个以文字为生命的女子,这伤害可想而知,要是别人这么说,还可以对他的有眼无珠一笑了之,偏偏这个人,是她无法忽略的丈夫。或者萧红意乱情迷死心塌地倒也认了,但她接受他以前,曾对聂绀弩说,端木是胆小鬼、势利鬼、马屁鬼,一天到晚在那里装腔作势。

她的一生,确实可堪同情,可是,她为什么总是落到如此悲惨的境地呢?

和她时代相近的才女，虽然情路都不是很顺当，但起码都活得很有尊严。就说丁玲吧，胡也频对她始终钟情，冯雪峰虽为现实所阻，却也脉脉有情，更不用说与她白头偕老的丈夫陈明，在她去世多年之后，写回忆文章时，仍饱含着动人的柔情。张爱玲算比她运气差点，但也只是感情上受点伤，没有家暴，也没有和自己看不上的人在一起。

萧红的处境，和她习惯于在灵魂上依赖他人有关。这个他人，不专指男人。我们都知道，鲁迅对萧红很爱护，萧红也写过一些怀念性文字，可是这份友谊在许广平的笔下又是一种味道，尽管她努力写得非常温婉。

许广平说，萧红特别喜欢去她家，几乎每天都去，一待就是大半天，鲁迅先生没有那么多时间奉陪，就让许广平陪着，他自己在楼上看书。许广平身在楼下，心却在楼上，那时鲁迅的身体很差，她担心他照顾不好自己，又没法上去探视，一边陪萧红说话，心里却非常紧张。果不其然，有次鲁迅看书时，坐在躺椅上睡着了，被子滑落下来，先是小病，最后演变成大病，再也没有起来。

许广平是在萧红去世后写这篇文章的，仿佛只是为了怀念，但那份怨责怎么着也是掩饰不住的，像我这样的读者看了就要叹，萧红，你也真是的，老是去人家家干什么呢？你难道看不出人家的不耐烦吗？

我想，萧红绝不是那么不敏感的人，只是她没办法，她没有一份好爱情，鲁迅及许广平曾经给予她的爱护就是她唯一可以投奔的温暖，她也许已经看出人家的冷淡，可是，不朝这儿朝哪儿走呢？这儿，毕竟是逐步冷下来的微温，剩下的三个方向，则是无边枯寒。甚至她和许广平絮絮而谈时，心里也不见得不紧张，但她仍然将身体在椅子上陷得更深一些，无视墙上移动变幻的光影，言笑晏晏。

张爱玲有过类似的经历，她在美国，拜访胡适，头开得非常好，也算相见甚欢，可是，当说到某个话题时，胡适脸色稍稍一暗，张爱玲马上捕捉到了，十分不安。即使在那异国他乡，面对这位非常欣赏自己的偶像级前辈，张爱玲也未敢多加亲近，她太明白求近之心往往弄成疏远之意，距离也许是友谊的保鲜剂，倒是胡适还来看望过她一回，他们一直保持着这样淡然的君子之交，避免了因过于亲近而生出的些微尴尬。

我有时看名人们回忆朋友的文章，或者是第三者讲述两个人的友谊，总怀疑里面有我们所不知道的隐情，两个人，真的可以那么亲密而又那么清爽吗？反正我的经验是，哪怕与别人握手的时间略长一些，我都要担心彼此手心里的汗把大家弄得都不舒服，这种担心倒不只是针对异性。

我不知道萧红可有类似的体验，是否担心华美的袍上爬满虱子，也许她知道，但她不在乎，她更想要取暖，即使将虱子一道披挂上身。她像忍耐虱子一样，忍耐着世界的冷眼，还装成一派天真模样，仿佛因不谙世事而无从察觉，就可以不受伤害。

她不肯残忍地对自己，就轮到别人残忍地对她了，他们都看出她没有勇气跑掉，他们全都把她给吃定了。休说人性皆善，更不要以为肌肤相亲的男女之间总是爱意与温存，不是东风压倒西风，就是西风压倒东风，只要有可能，总有人想要占据上风，萧红随机碰到的男人更不会例外。更何况她习惯于在最坏的处境里贴上去，一无所有，穷形尽相，也许她高看了那些男人和他们的爱，那种无私伟大的爱只会在琼瑶笔下出现。

《聊斋》里有一篇，说一个女鬼还是狐狸精与一个男子相好，男子的家人排斥她，羞辱她，她仍然"含垢为好"，我觉得这四个字特别好，多少女子，就是这样无望地忍耐着，那样敏感的心，这会儿却装做麻木。

萧红与男人的关系，其实是她与这世界关系的一个缩影，她不够决绝，不够果断，她老想贴上去，拖延着，赖着，她太贪恋泥淖里的温暖，不肯孤立无援地站在天地之间。直到她弥留之际，才脱下了那副天真热情的面容，写道：平生遭尽白眼，身先死，不甘、不甘。她心灵里的寒逼出来，灵魂终于孤单单徘徊于无地。

吕碧城：没有爱情也可以

作为一个高冷的人，鲁迅先生不会轻易地欢欣鼓舞。比如大家都争相表扬娜拉出走的觉醒时，唯有他冷静发问："娜拉出走之后呢？"他在易卜生结束的地方开始想象：摆在娜拉面前的，无非是两条路，要么回来，要么堕落到妓院里去。

他的提问有现实意义，五四之前后，很多女人忽而觉醒，离异逃婚者有之，离家出走者有之，但在当时的大环境下，离开家，就能走向光明吗？似乎为了给这个问题一个答案，数年之后，呼兰小城里一个名叫张荣华的姑娘，像娜拉一样拒绝被掌控的命运，离开生活了19年的家，去异乡，走异路，寻找新的可能。

也许是因了张姑娘才情卓然，她没有回来，也没有堕落，还成了作家。只是那一路尝尽艰辛，遗弃、家暴，各种困顿羞辱，31岁那年，她病死在香港，至死不甘地说："我一生中最大的痛苦和不幸，都是因为我是一个女人。"

对，张姑娘就是我们熟悉的萧红，她亲证了鲁迅的说法，在一个男权至上的社会里，女人单方面的勇气，无济于已经确定的命运。然而，世态芜杂，案例多种多样，距萧红拎起箱子关上家门的二十多年前，也有一个女子，逃出了让她备感窒息的家。她没有堕落，也没有无奈地归来，相反，她走出了一个新天地，走进自己亲手开启的无限光明里去。

那个女子名叫吕碧城，安徽旌德人，父亲曾任山西学政。吕碧城12岁那年，她父亲去世，两个异母哥哥都早逝，家中没有男嗣，吕家的财产因此为族人觊觎，甚至将吕氏母女囚禁，后来在官方的干预下，吕家母女获得自由，但光景已经大不如前。

在古代的戏剧里，官宦人家的公子小姐，会早早订下婚事，吕碧城10岁那年，与同乡汪家订亲；按照戏剧里的逻辑，订婚的人家，若有一方中落，另一方必然会嫌贫爱富地赖婚，通常是女方嫌弃男方，到了吕碧城这里，颠倒过来，汪家见吕碧城今非昔比，老实不客气地提出退婚。

这种单方面的毁约，是一种羞辱，许多年后，吕碧城的另一个同乡胡适之对包办婚姻多有腹诽，但怕伤了母亲的心之外，更怕毁了一个女孩的幸福，放弃他的异国恋情，迎娶了村姑江冬秀。按照这个说法推想，吕碧城算是被毁掉了，注定要在同乡的冷眼与白眼里，过她万劫不复的一生。

对于认命的人，自当如此，但我们很快就可以了解到，吕碧城是不认命的，好在命运也肯帮她。她有个舅舅严朗轩，当时任塘沽盐课司大使，吕夫人携带女儿投奔兄弟而去，虽然严朗轩不过是八品小吏，但相对于安徽老家，塘沽更得风气之先，能够跃身到一个更大的天地，是命运送给吕碧城的第一桶金。

她在塘沽生活了7年，1903年，严朗轩官署里有位方秘书的太太要到天津去，吕碧城想要随行，看看有无深造的机会。严朗轩大光其火，这不难理解，这时还是光绪年间，一个女孩子要外出求学，让这个小吏舅舅实在难以理解。倔强的吕碧城没有被舅舅的怒火吓住，在秘书太太离开的第二天，她不辞而别，一个人来到了火车站。

在光绪二十九年，这个女孩子，一个人出现在火车站，没有娜拉的箱子，她连买车票的钱都没有，靠逃票上了火车。还好，在车上，她遇到了贵人，天津"佛照楼"旅馆的老板娘，老板娘与她一见如故，不但帮她买了车票，还把她带到自己家里。

到达天津的第一晚，吕碧城便给住在《大公报》馆的方太太写信，这封信，凑巧被《大公报》的总理英敛之看到。吕碧城那一笔飘逸字体首先入了英敛之的眼，她的才情让他遥生好奇怜惜之心。他和妻子一道，拜访了她，将她接到《大公报》馆。那晚，这对比吕碧城大了十几岁的夫妇，和这个年轻的女子畅谈到深夜。

他们大概谈到了女权等话题，吕碧城当晚挥毫作了一首《满江红》：

晦暗神州，欣曙光一线遥射，问何人女权高唱？若安达克。雪浪千寻悲业海，风潮廿纪看东亚，听青闺挥涕发狂言，君休讶。

　　幽与闲，如长夜；羁与绊，无休歇，叩帝阍不见，愤怀难泻，遍地离魂招未得，一腔热血无从洒，叹蛙居井底愿频违，情空惹。

　　第二天，英敛之将这首词作发表在《大公报》上，还以夫人之名写了跋语，称之为"极淋漓慷慨之致，夫女中豪杰也"。他又将吕碧城推荐给严复、傅增湘、方若等津门名流，用现在的话，就是带她出入于老男人饭局，当时的文化名流如铁花馆主寿椿楼主纷纷与她唱和，《大公报》杂俎专栏，几乎成了她和她的唱和者的私家花园。

　　这次离家出走，对于吕碧城真是一趟梦幻之旅，短短几个月，她就在天津成了名。那些文人们的酬唱也许还有对萝莉作家的隐秘情结，但秋瑾侠女作为同性也对她另眼相看，秋瑾本人也曾以"碧城"为笔名，一次拜访之后，表示，此生不再用这个笔名，留给吕碧城专用。

　　无疑，英敛之是吕碧城最有力的幕后推手，人生得一知己足矣，何况这个知己，亦非凡人。他是《大公报》创始人，有一番坎坷奇特的经历，如今他是文化名流，相貌堂堂，最难得的，是和妻子一向感情甚笃的他，几番交往下来，对她竟有了异样的感觉。

　　在日记里，英敛之自叹"怨艾颠倒，心猿意马"，而他那本来对吕碧城十分热情的妻子，也觉出几分异样，为之伤感，居然要发奋进学，不落吕碧城下风。

如此一个有才有情有品位的成功人士，爱上了这个一无所有的小姑娘，为她做了很多很多，简直像韩剧里的题材，或者"浪漫总裁爱上我"之类的玛丽苏小说，哪怕她清高如简·爱，也不可能不为之心动，起码弄点发乎情止乎礼的情愫吧。你看萧红，当即就爱上了"救了她"的三郎萧军。

可是，偏偏，从头到尾，没有资料证明，吕碧城对英敛之有过非分之情。

不但对他，她一生遇到的出众男子多矣，袁世凯的公子袁克文、李鸿章的孙女婿杨云史，以及诗友费增蔚等等，都算是她广义的男闺密，但她谁都没有爱上。她甚至认为，包办婚姻都好过自由恋爱，包办婚姻若不幸福，还可以归咎于父母，自由恋爱若是失败，其懊恼悔恨，远甚于包办婚姻。这种奇谈怪论，只有没有心仪对象的人才会发出。

没办法，她真的看不上谁，严复曾说她："心高气傲，举所见男女无一当其意者……比平常士夫，虽四五十亦多不及之者……此人年纪虽小，见解却高。"

她自己则对朋友这样解释："生平可称许之男子不多，梁任公（梁启超）早有妻室，汪季新（汪精卫）年岁较轻，汪荣宝尚不错，亦已有偶。张蔷公曾为诸贞壮作伐，贞壮诗固佳，奈年届不惑须发皆白何！我之目的,不在资产及门第,而在于文学上之地位。因此难得相当伴侣,东不成,西不合,有失机缘。"

细看这段话,她其实看得上梁启超和汪荣宝,可见她并不是一个独身主义者,只是机缘不凑巧。有人非要问她袁克文如何,她淡然一笑:袁属公子哥,只许在欢场中偎红依翠耳。她与他是真朋友,所以看他倒比别人都清楚。

可问题是,你用得着这么清楚吗?你只能与自己看得上的人恋爱吗?要是都像你这样,这世上只怕就没有恋爱这件事了。

以萧红为例,当初她是因逃婚才从家里出走,毫无疑问,她看不上那个汪殿甲,但当她到外面的世界飘荡了一圈再回来,居然选择和汪殿甲在一起,你要说这是权宜之计吧,汪殿甲的哥哥提出退婚,她都不同意,还为此打起了官司。

就算这是困顿中的无奈选择,后来她成了名,还应邀去过日本,在当时的文坛颇有些地位了,稿费收入亦不少,她居然还会和她极其看不上、称之为"势利鬼、马屁鬼,一天到晚在那里装腔作势"的端木蕻良在一起,让她的朋友聂绀弩百思不得其解。

这其实没有什么不好理解的,不错,张爱玲是说过,女人要崇拜才快乐,男人要被崇拜才快乐,但张爱玲也说过,见了他,她变得很低很低,低到尘埃里，但心是快乐的，从尘埃里开出花来。她当时跟胡兰成都没见过几面，这个男子，怎么就值得她低到尘埃里了？而胡兰成自己后来也描述过他在张爱玲面前的紧张感，觉得说什么都荒腔走板，倒总是张爱玲一再点拨他。

女子想要爱的心情，让她俯下身去，装作以为他是一个可以崇拜可以爱的人。没办法，谁让爱情对于女人是刚需呢？对，我又用到这个房地产专用名词，我还可以进一步说，爱情对于女子，是刚需中的刚需。

胡适有个绯闻女友，名叫陈衡哲，她曾和胡适有过一次对话，陈衡哲说，Love 是人生唯一的事；胡适说 Love 只是人生的一件事，只是人生许多活动的一种而已。陈衡哲说："这是因为你是男子。"

这位陈衡哲先生，对，她的江湖地位，是可以作为女性而被称为先生的，她是清华高才生，留美硕士，北大教授，新文化运动中最早的女诗人、女作家，但她的爱情观人生观和《还珠格格》里紫薇她妈基本一致。

那个大明湖畔的夏雨荷说："我爱了一辈子，盼了一辈子，怨了一辈子，可是，若是没有那个可以爱、可以怨、可以盼的人，这一生，又有什么意思？"而在小人鱼的故事里，老祖母告诉我们大家，一个人只有被深爱过，才会获得永恒的灵魂，否则即便活上三百年，依旧是大海里一个易碎的泡沫，她没说我们也明白，她指的主要是女人。

这种古今一般同，放之四海而皆准的爱情理念，或许是那么多女人在爱情这件事上使劲折腾的原因。"拼将一生休，尽君一日欢"的痴情，"我死之后，化为厉鬼，使君妻妾，不得安生"的凄厉，乃至于像《色·戒》里，王佳芝看着易先生在灯下温柔怜惜的笑容，心中轰然一响以为遇到真爱，于是放过他送了自己的性命，都算是为那个爱情梦想买的单。

当人们为之荡气回肠感慨万千之余，似乎没想过，她们为爱情这件事花的时间精力太多了。当然，人只有这一辈子，都投在所爱上也没什么，我可惜的只是，太多的爱情，都像王佳芝所以为的，易先生对自己的爱，不过是个山寨货。

上帝造人，送了各样配置，但并没有将爱情作为标配列入其中，借林黛玉一句话来形容，那是个稀罕东西，岂能人人都有？有的人运气好，遇上了，有的人运气不好，没有遇上，这跟你是否聪明美丽善良没有一点儿关系，它也许能使你被爱，却不能使你去爱。

清醒孤高如吕碧城，"不遇天人目不成"，她不骗自己将凡人当天人，即便这一生都没有爱情也没有关系，她自称"幸而手边略有积蓄，不愁衣食，只有以文学自娱耳"。

因此，当那个呆子吴宓自说自话地为她写推介文章，盛赞她的才华之后，居然以须眉浊气去推想她的"剩女情怀"："集中所写，不外作者一生未嫁之凄郁之情，缠绵哀厉，为女子文学中精华所在。"他以为的恭维，却是对她严重的冒犯，吕碧城拒绝与他见面，还怒斥他为无聊文人，可不是，无聊文人眼中只有小姑闺怨，哪里理解得了她这样的磊落巾帼。

但她的决绝磊落，也让她失去了靠在哀怨上歇歇脚的机会。爱情是个好借口，让你接受自己的软弱，容忍自己的懒惰，你躺在哀怨的温床上，放弃了自我建立的机会，好像是得到或者没有爱情拖垮了你的人生，这样你就不必亲力亲为地承受各种挫败——我怀疑人们夸大爱情的意义，主要是好逸恶劳的本性使然。

只有真正勤劳勇敢的女性，能够面对她的人生真相。与爱无缘的一生，吕碧城做了太多事情，办女学，做生意，求学美国，游历欧洲，她不觉中以亲身经历证明，即便对于女人，LOVE 也不是人生的全部，最多是锦上添花，蛋糕上的樱桃。作为一个女学的创办者，她的人生对于女人有更多的借鉴意义：是你自己，而不是别的人，决定你的一生，最终会不会是一个泡沫。

若是遇不上，没有爱情也可以。

张柏芝,她美如开片青瓷

谢霆锋和王菲复合,连向太也暂停了连日来对周星驰的声讨,为张柏芝大鸣不平。港媒报道说张柏芝给她打电话,失控到大哭,抱怨谢霆锋对孩子关心不够,并称这个男人不再值得爱。

人传欢负情,我自未尝见,三更开门去,始知子夜变。所爱者移情别恋,自己最后一个知道的,除了惊,还有骇,还有对整个世界产生的不真实感,这些都可以理解。但问题是,谢霆锋与张柏芝,早已通过法律途径做了了结,如今,他们不过分别是一对孩子的父亲和母亲,菲锋恋对这种关系没有丝毫影响,张柏芝这样自苦又是何必?

但这种习惯性理性只是一瞬间,借谢霆锋的经纪人霍汶希的话说,同为女人,更多的是心疼。同为女人,我何尝不知道,有时候,就算一个人已经离你而去,就算他已经表现出各种绝情,你还是不能相信,还会觉得他是你的,觉得这段分别,不过是汹涌人潮里一次小小的散失,是近乎调剂性的分开旅行。你放在心上的，还是他对你的各种好，你选择性地更相信那些已经飘远了的海誓山盟。

张柏芝自己也曾说："每一次都是他们离开我，但他们都会说，我是他们最爱的女人。"

琉璃易碎，人言易坠，不产生幻灭感是不可能的。虽然病床照里的骨瘦如柴是急性肠胃炎所致，网友晒出的合影里她笑靥婉转，但从杂沓人声里仍能够识别出属于她的破碎感。就像《蜀山传》里，她大睁着双眼，美丽如孤月般的面孔，像镜面一样慢慢消失。一个确定自己不再被爱的人，大约就会有一种被融化的感觉，或者，正相反，是一种慢慢被冻结的感觉。

而作为一个不设防的人，这种感觉到来，是迟早的事。

不设防，或者可以作为张柏芝这小半生里的关键词。从艳照门到她心无芥蒂地和陈冠希合影，以及和谢霆锋分手后，迟迟不能从这件事里超脱出来，她的表现都像一个没心没肺的孩子，没心没肺地笑，没心没肺地伸手要玩具，她似乎总不肯相信,命运对她同样凌厉如刀。这种糊涂，乃是因了她是一个美人，绝色美人，出身复杂的绝色美人。

都说美貌与智商成反比，但已经有很多例子证明，这是没有被上天厚待的人的自我安慰，美人的智商不见得低，张柏芝有很多话说得都很聪明,一个笨人,也不可能演好稍稍复杂一点的角色。

但美人往往是糊涂的,因为世界在她眼前展开时,完全是另外一种样子,别人踏破铁鞋无觅处,她们得来全不费工夫,即使犯了错误,也会很快获得原谅。她们为人处世,就有一种不设防的漫不经心,会以为怎样都没有关系,其实,最后,还是有关系的。

不过,这也并非是绝对的。有的美人,不要太懂得步步为营,像情商极高的志玲姐,做人没有破绽,说话滴水不漏,有人说她假,她手一摊,我天生就这样有什么办法呢?着实无奈得紧。

志玲姐出身巨贾,干爹为政界要人,她天生是个有产者,对于她来说,攻固然重要,守同样重要,即便显得不那么真性情,但两害相权取其轻,她还是做个透明玻璃之后的万人迷比较好。

张柏芝没有这道玻璃墙,她本人就是玻璃。家世复杂,她是真正的江湖儿女,一路单打独斗,靠她的绝美容颜,也靠她的才华与努力。她曾说,我一睁眼就开始去战斗。她是沙场上的士卒,不是闺阁里的小姐,像她跟向太所言,她打小缺了一点调教,但我也不觉得这是她的错,只能说是她的命,总在奋勇向前,难免马失前蹄,她命该如此。

但这种不设防也成就了她,表演本来不就应该是一件不设防的事吗?放开手脚,才能在别人的人生里长驱直入。王晶说她是天才型演员,许鞍华说最想跟她合作，关锦鹏说，张柏芝没有对手，她比张曼玉只差一点机遇，尔冬升说好演员都是骗人精，比如张柏芝和舒淇。一个不设防的人，才能够无限投入，曾经在网上看到一段她溜冰的视频，流畅自如，身轻如燕，似能做掌上之舞。

她的可爱，也在于这种不设防。因为不设防，所以没保留，对于家人的开销大包大揽；为了孩子，那么爱玩的人，能跑异国他乡，专心做一个普通的母亲；三天两头有网友晒跟她的亲切合影，天涯上也不时有人爆料她虽然豪爽过度但是很好相处。甚至于，我要说，在她和谢霆锋分手之时，她的口不择言，也是不设防所致，她那么希望她心爱的回头，却不知道怎样挽回一个男人的心。相对很多明星夫妻的离婚大战，她少了一点城府，显得手忙脚乱，看着她，我如同看到一个可能的自己。

这或者是我对王菲高山仰止却更爱张柏芝的原因，她也许没有王菲修行得那么高端，但我对她有同理心，能摸到她灵魂的质地，我知道尽管她半生来活得如惊涛骇浪，内里，却不过是一个冒失热诚的女孩。

张爱玲曾在心里大言不惭地说自己是"镂空纱"，一身的缺点，但这是她的魅力所在。张柏芝呢，我想应该是开片的青瓷，瓷质精美，却有冰裂纹蔓延，最美的事物，常常都会显得岌岌可危，张柏芝，就有那样一种危险的美感。

危险会毁灭她，美感却能成就她，事到如今，真的不用再为一个不再爱自己的男人而难过了，也别理睬网友那些不着调的安慰，对于张柏芝来说，更重要的难道不是发展自我吗？愿她能遇到她命中的贵人，不只是个把能提携她的导演，更是能指导她将人生走得更好的人。

比如刘若英遇到张艾嘉，周迅遇到李少红，若真的遇不到，琢磨一下王菲也可以，同样是简单直爽的人，王菲技高一筹之处在于，有所不为有所为，或者说，该设防的时候设防，该不设防的时候不设防。我并非是因为这一役的成败而做如此对比，而是，同样是一路风风雨雨，王菲明显走得更加气定神闲。

王菲带着孩子离开窦唯能过好，谁说张柏芝离开谢霆锋，就不会活得更精彩？从这个角度来说，菲锋复合，对于张柏芝亦有积极意义。

生活没有你想象的那么可怕，它尊重才华，也尊重努力，不管你选择怎样的道路，都别犹豫着老想折回。我怀疑大多数人都是被自己吓住了，为了不必要的隐忧浪费太多时间，不然也许普遍能过得好一点。

你还有没有对生活说我不服的勇气

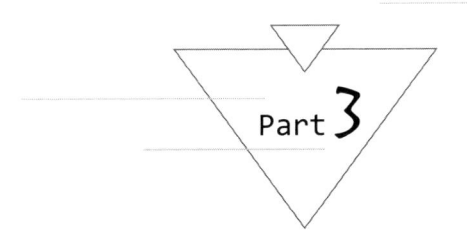

Part 3

八十年代的文艺气氛

快三十年前的一个夏天,我小姨带我和我弟弟去溜冰场,溜冰场的管理员,是个二十来岁的男青年,他通过自己的办法,和我同样年轻的小姨搭讪上了。在最初几句言不及义的对白之后,他们迅速把话题转向了文学,这个年轻人告诉我小姨,他刚刚朝小城的报纸副刊投了一首诗,正在等待编辑的回复。

我说了,这个年轻人是溜冰场的管理员,在那个科技不甚发达的年代里,他负责用肉眼辨识,溜冰场上,像鱼一样飞快地游弋着的人们,哪些游玩时间已经超过了门票规定的一小时,并且上前把他们驱逐出去。这身份,使得他无法不显得粗暴,尽管如此,听着他和我小姨大谈文学尤其是诗歌,还说他在上海旅游时试图拜访巴金,我都没有丝毫违和感。

在我们那个年代里,谈文学的人不古怪,不谈文学的人才古怪,征婚启事上都要标注一句"喜爱文学",否则就无法引发美好的想象,我见到有人还细化到"热爱李商隐"。

我爸妈要看每一期的《收获》《小说月报》和《人民文学》，在饭桌上谈王蒙和张贤亮，后来他们又喜欢上了余华；邻居家上高中的哥哥和上大学的姐姐更热衷于谈论朦胧诗、北岛、顾城和舒婷，他们家有一本封皮黑乎乎的因此显得特别朦胧的《朦胧诗选》，我借回家抄了很多首，现在还能记住其中的很多句子：

"一切都是命运，一切都是烟云，一切都是没有结局的开始，一切都是稍纵即逝的追寻。"

"告诉你吧，世界，我不相信，纵使你脚下有一千名挑战者，那就把我算作第一千零一名。"

"我是你河岸上破旧的老水车，数百年来纺着疲惫的歌；我是你额上熏黑的矿灯，照着你在历史的隧道里蜗行摸索，我是干瘪的稻穗，失修的路基，是淤滩上的驳船，把纤绳深深勒进，你的肩膊——祖国啊。"

不得不还回去时，无限惆怅。

有一天，我的堂哥来我家，带来他的一个朋友，和他一样，二十郎当岁的年轻人，在本市电力局工作。这位朋友听说了我对《朦胧诗选》的向往之后，说，他正好有一本，我可以到他们单位去取，他给我写了一个号码。

我将这视为来自成人世界的邀约，距离溜冰场遭遇诗人又有几年了，我已经长成了一个十四五岁的少女,对成年人世界,充满了探头探脑的好奇,认为他们一定在经历着一种更丰富更有意思的生活,但跟我父母又不同。如今我收到的这个邀约,还和诗歌联系在一起,我暗自惊心动魄,终于做足心理建设之后,我拨通了那个号码。

一个声音甜美的女人告诉我那人不在,又不无愉悦地追问我是谁,我只好说,我是他妹妹。她笑吟吟地(隔着电话也能感觉到)说,我没听说他有个妹妹。我无言以对,默默挂了电话。

我猜,这个女子一定是在爱慕着那个拥有诗集的年轻人,她心里很有把握,但还是对陌生来电有着温和的戒心,我猜想她性格斯文,长相和声音一样甜美,二十世纪九十年代初的办公室恋情,祝愿他们终成眷属。

我啰哩啰唆地说这么多,就是想让你感受一下二十世纪八十年代末到九十年代初的文艺气氛,我突然怀念它,是因为最近看了很多关于"文艺和钱"的文章。在最没有钱的年代里,我们自发地热爱文学艺术,如今经济发展了,居然有这样一个问题:"没有钱,谈什么文艺?"这种问句是作者的反讽也好,自嘲也好,都说明这个句子在日常生活中一再出现,在我们那个年代,还真没想过,钱和文艺有什么关系。

这个句式,还出现在关于"丑男"与"暖男"的问题里。有人说中国男人丑,就有人说,那是因为,再丑的男人,只要有钱,女人都能睡得下去；有人呼吁暖男，也有人问"没有钱的暖男，你会要吗"？我本来想说，有钱的男人，有冷暖之分，没钱的男人，也有冷暖之分，暖的总比冷的可爱一点。但很快，我意识到，这不是有钱没钱的问题，而是，和我们那个时代不同，如今的时代，阶层感实在太强烈了。

在这个"小时代"里，美丑冷暖文艺不文艺，都是没有意义的，似乎，人们被分成两个阶层，有钱的与没钱的，或者说，有资源的与没资源的——大部分年轻公务员没啥钱，在婚姻市场依旧受欢迎。

只要手中有资源，就一定会被仰视被赞美——冷漠是酷；粗暴是气场强；没文化叫做直爽；王思聪的毒舌不管着不着调，都会招来一堆女青年自认他们家少奶奶；当年梁洛施跟李泽楷刚好上时，明说了她不喜欢帅的，她喜欢黑的、胖的、不高的，她没说那个前提，当然首先得是有钱的。

电影里还在演屌丝和公主的爱情，你知道它真的只是在"演"，假如说在当年诗歌可以装饰煞有介事的灵魂，现如今早已唾弃了它的人们，选用名牌服饰装饰自己的周身。最具文艺范儿的安妮宝贝，也会让她笔下的男人穿"价格不菲的白色衬衫"，住开满鲜花的别墅，给未婚妻送黄金龙凤镯，在文艺女青年那里，文艺范儿还是一份提升身价的嫁妆。

似乎，这样，也没有什么不好。阶层感更强的社会，会让人们更努力，更上进，更想要超越自己的阶层，从而制造更多的东西。但我还是感到，与它制造的那样强烈的阶层压迫感相比，实在有些得不偿失。

在这样的社会里,人们的眼睛都像是自带二维码扫描,看一眼,就能够把你归类。我的女友是个高校老师,她跟我说起最近烂桃花比较多,还被某快递员示爱,这当然是个玩笑,我们也聊得哈哈大笑。但是,如果没有那么强烈的阶层意识,快递员的示爱,也不会显得这样荒诞吧?米兰·昆德拉的小说《生命中不可承受之轻》里,托马斯被迫离开手术室,变成一个清洁工,照样艳遇不断,在当下社会,也许就会被人拟个标题叫做"骑着自行车去见情妇的有妇之夫"。

我不是肯定艳遇,我只是为自行车鸣不平。在我们那个年代,我看过一部电影,有个搬运工爱上一个女干部,朋友们都笑话他癞蛤蟆想吃天鹅肉,他理直气壮地说,我长得也不丑,挣得也不少,我比谁差了?

放到现在,这位搬运工只怕难再有这种自信,人们会称呼他"屌丝""loser""穷矮矬"……还会拎一拨人跟他们相对应:"土豪""高富帅"……搬运工标榜自己挣得不少,但能跟富二代比吗?即使不能像王思聪似的,老爹大手一挥就先划五个亿给他折腾,但真的像刘姥姥说的,人家拔根寒毛比你的大腿还粗呢。

在我们的时代里,我爸作为连级转业干部月薪五十二块,我妈作为工人只有二十八块,收入差别似乎不小,但大家都没什么家底,多那二十多块,若是有个贫困的农村背景,基本上也就扯平了。经济上无法攀比,倒空出大把时间来收拾自己的灵魂。

这是一。

其次，我老觉得如今社会人们这样急吼吼，也和计划生育政策有关，在我们那个年代，人们通常有两个以上的孩子，鸡蛋放在几个篮子里，有一种模糊的拉扯作用。一个兄弟三个帮，做父母的不会那么焦虑地希望孩子混到更高更安全的阶层去。如果不是执行如此严格的计划生育，中国经济是否会这样高速发展我不知道，但也许，人们能活得更从容一点，不会老惦记着超越阶层这件事。

这种阶层压迫感，给每一个人都带来伤害。最底层的人会被轻视被践踏，混得还不错的，也要虚心做更高阶层鼻息下的屌丝，并时时提防着生活下降。每个人都战战兢兢如履薄冰，而最糟糕的，就是前面说的，你不觉中接受了社会的规定，知道什么可以爱什么不可以爱。

你还不断被告知，哪些人可以文艺，哪些人不必变美，哪些人再温暖也没有意义。社会变成一幅巨大的十字绣，每一针一线的走向，都早有规定。这可能，是我最不喜欢十字绣的原因，内容还在其次。

我因此觉得我在铁艺店里遇到的那个小老板有一种英雄气质。那是在四年前，我要安装几个铁艺窗户，本城太湖路上有几家铁艺店，我随机走进其中一家。老板是个四十岁左右的中年人，不高，微胖，与我在装修过程中碰到的其他小老板唯一的差别是，他的桌子上，放着一本《红楼梦学刊》。

作为一个选择困难症患者,我没法当即确定是不是在这家定,看了几眼,就离开了,下次我再来,看见老板在翻读张爱玲的《红楼梦魇》。若是在我们那个年代,我也许立即就会和他展开关于《红楼梦》的讨论,但当时,我只是继续跟他谈价钱,确定款式,付定金的时候,我需要在他的本子上写下我的名字和电话号码,他抬头看看我,说,你是不是写过一本书,叫《误读红楼》?

我承认了,彼此却也没有别的话说,他优惠了一百块,这是在这个时代里,红迷之间比较合适的一种致意了。

窗户装完之后我们再也没有联系过,我有时开车会路过他的小店,他让我想起老作家刘斯奋说过的一个典故,说是在古代,有个南京小老板跟他的同伴说,他要快点收摊,好赶得上去雨花台看落日。我不想用文艺范儿这种词来形容这类人,他们给我的感觉,都像是一座房子,面积不大,装修简朴,但窗明几净,玻璃杯里有清晨带露采下的玉兰和栀子,看得出,是被认真收拾对待的居处。

每个人的生活,都像是一处房子,有的人占地面积大,有的人仅能容身立足,但不见得只有大的才值得花心思,小的居处,同样应该被认真对待。毕竟人生只有一次,日子,最终是你自己的,不管是大还是小,都值得放进足够的美、浪漫和温暖,这些,应该是能够超越阶层的事物。

我没有经历过高考的恐惧

高考季，各种奇葩新闻满天飞，考生家长和广场舞大妈两支最强悍队伍展开较量；考场旁边的钟点房要价两千一晚上；因为电梯噪音影响考生休息，家长要求 15 层高楼住户全部拾级而上；某县城，考生家长对着佛像一步一叩头，烧天价香……

从这些轰轰烈烈的新闻里，我看到的是两个字：恐惧。我没有经历过这种恐惧，在离它一步之遥时，我逃开了。

起初，是物理课上和老师的一个小小龃龉，下课时我做出了重大决定，退学。这是 1994 年初，我读高二。表面上看，我是负气离开，但我始终都明白，课堂上的这个小风波，不过是将长久的困惑推向紧要关头。

进入高中起，我都不太清楚我坐在这里干什么，以我当时偏科的程度，不大可能考上像样的学校。接下来的情况可以推想：煎熬上一年半之后，拿到一个惨不忍睹的成绩，再靠家人想方设法，进入某个末流大学读个大专，出来，再继续混惨白的、没有边际的人生。

明明有更有意思的事情可以去做嘛，阅读、写作、去淮北乡间了解风土人情、打听家族往事的细枝末节。我当时已经发表了一些作品，早想好了要当个作家，为什么还要在这里随波逐流，任凭命运将我推动？

第二天，我没有去上学，背着书包去郊外溜达，去某大学的教师阅览室看书——我的初中是在那所大学的附中读的，阅览室就在教室楼上，工作人员跟我们一个楼梯上下，彼此都已面熟。

记不得这样的日子过了多久，好像也没太久。当小城里飘起了第一场雪，无论是去郊外，还是去阅览室，道路都变得泥泞，我厌倦了那种东躲西藏的日子，心一横，在某个夜晚，对我爸说出了真相。

我爸的反应应该不太严重，否则我不会这么没印象。他劝了我一下，但我强调我现在的情况，不宜于再回学校。他思索了一下说：这样，也好。你就在家里写作吧。老爸工资一个月五百多，还有稿费，还可以帮人打印材料挣点钱，再养活你二十年也没有问题。

但是，我爸说，你现在年龄还太小，在家写作不现实，你还是应该去学校学习。要是你觉得中学的课程没有意思，我们可以想办法去大学旁听。听说有些大学开设了作家班，我托人打听一下，看看有没有渠道。

我于是先去了看书的那所大学旁听，搬个桌子就进了历史系的教室。同学弄不清我什么来头，也不问，只是有次我说起害怕蠕虫，同桌那个男孩说，我以为这世上没有什么是你害怕的呢。我和他接触不多，我在他心中如此勇敢，大约与贸然出现有关。

如是过了大半年，有天我爸下班时，带回一个信封，里面是复旦大学作家班的招生函，我爸说，他已经联系过了，像我这样的，可以入学。我们这两天就出发吧。

我们是在第三天出的门，小城去上海的火车票基本上买不到，正好邻居叔叔单位有辆车去蚌埠，我爸觉得从蚌埠转车更方便，毕竟是交通枢纽，有T字头的快车。

没想到我坐不惯小轿车，一出城就吐了个天昏地暗，只好下车，在路边等大巴。终于等到一辆，到了蚌埠火车站，发现这里情况并不像想象中那么乐观，坐票早就卖完，我爸买了两张站票，我们需要站上一夜。

那是我一生里坐过的，啊不，站过的最拥挤的火车，甚至不能将整个脚掌着地，更要命的是，随时会有售货员推着小车穿行而过，两边的人压缩再压缩，有人就踩着椅子旁边某个可以搭脚的地方，悬空而立，售货员倒愤怒起来："那里怎么可以踩？你看你像个蝙蝠似的。"

"无立足境，方是干净。"就在将重心在两脚之间不停置换的同时，我爸已经兴致勃勃地和我谈起文学和理想来。乐观如他,认为这是我人生的一个新境界,从此,我要在世界一流大学里,汲取更多更有效的知识,展开崭新的生活了。

天亮时我们下了火车,坐公交车来到邯郸路上的复旦大学,很快办好了入学手续。我爸带我来到宿舍,帮我安置了一下,便匆匆离开,我奶奶身体不好,他当晚就要赶回。

那天晚上,对着窗外的晚风,我哭了。一方面是对于尚在火车上受罪的父亲的愧疚;另一方面,是对于像夜色一样,深不可测的未来的恐惧。在家乡小城时,我可以认为我的人生还没有开始,只是个预备状态,现在,在复旦,人生正式启动,我要赤手空拳打个天地,于穷途中开一条道路,我没有信心一定能做到。

寝室里住了六个女生,有学英语的,有学计算机的,还有两个作家班的同学,都是文化局和作协的在职人员。每个人都像蚂蚁似的,目标明确地忙叨着自己的那点儿事,我因此看上去非常奇怪,很少会有人真的将自己当作家来培养。

我去听作家班的课,也去听中文系其他班级的课。与小城那所高校不同,复旦老师开课非常自由,愿意讲《论语》就讲《论语》,愿意讲老庄就讲老庄,还有世纪初文学、魏晋文学等特别门类。我蜻蜓点水般一一试听,对我影响最大的,是骆玉明先生,他讲课时,有一种魏晋士人的不羁与锐感，常常在不那么正经的谈吐中点中本质。这种点评方式帮我甩脱了资深文学青年自建的窠臼，到现在，我都不喜欢太正式的论述，着迷于小李飞刀式的见血封喉。

还有郜元宝、李振声、陈思和等诸位老师，他们在不同的领域里都各有建树，想想看，那个时候，我可以站在一长排的课程表前，按照自己的喜好，制定我的特色菜单，这是多么奢华的一件事。而在上课之外，我亦在我的老乡、作家戴厚英的引荐下，走进自称为"活着的纪念碑"的贾植芳先生的家门，听他，以及在他家邂逅的读书人，聊聊关于文学和文人的那些事。

归来之后，总是按图索骥，到图书馆和书店里找相关内容的书，把头发扎成一把，顶在头上，穿着拖鞋，在自修室读到深夜。

但人毕竟是个复杂的动物，在这种如鱼得水的学习之外，还有一件事，占用了我一半的精力，那就是恐惧。虽然我当时已经开始在《萌芽》《散文》《随笔》上发表文章，但这些零零散散的小散文，不能让我看上去像个作家。在当时，还没听说谁靠在家写散文吃上饭，我爸是说可以养活我二十年，但我不能容忍自己落到那步田地。

许多个中午，下课归来，阳光还没有化开，混混沌沌地飘在前面的路上。旁边，一家面包店刚刚开炉，香气炸开，蓬勃若有隐形的蘑菇云，这些统统让我茫然。我在思考那个终极问题：我，向何处去？心里瞬间就像被虫啮一样变得斑驳起来。

结束了两年的作家班学习，回到小城，这问题真切地逼到我眼前。我不是学成归来，没有锦衣可以堂皇地还乡，我只是多发了几篇文章而已，而这些，不足以让我在小城里找到一份像样的工作。

我多次写过那种惶恐，很多个夜晚，我睡不着，直到听见鸡叫，是另外一种心惊，我觉得我像一个女鬼，在光天化日下无法存身。但同时仍然在写着，投向各个报纸杂志，上帝保佑，这些虽然不足以让我在小城找到工作，却让我来到省城，顺利地考入某家新创办的报纸，做了副刊编辑。

似乎生活从此走上正轨，也不尽然，毕竟别人都持本科学历，这种先天不足，使得我在很长一段时间里担心被辞退。那时是冬天，寒风萧瑟，落叶在脚下翻卷，我走在街上，看到旁边小店里挂出招工启事，写着"月薪五百"。我就想，要是我失业了，能到这里当个售货员吗？就算人家收我，那工资，也只够交房租而已，我这样一步步走来，难道就是为了当个售货员吗？那时，我恨我自己放弃高考。

请原谅我这种"政治上不正确"的想法。我知道有人会说，当售货员和当所谓作家没什么区别，相对于这种过于高大上的理论家，我更愿意理解当年那个二十多岁的女孩子的惶恐，只是，让这种惶恐跟随自己好几年，也太过分了。

即使工作得到领导和读者的认可,我还是能感觉出自己和别人的不一样,我想,别人看我,也一定是不一样的吧。犹如带病生存,我带着这种惶恐生活了好几年,直到 2004 年前后,我在天涯社区上写的一组文章引起了一点反响,接着,出书、写专栏、获奖……我还没有成为我理想中的那种作家,却靠着写作,给自己赢得了一点自由,免于恐惧的自由。在我三十岁那年,我不再害怕和别人不一样。而到了现在,我觉得,和别人不一样,其实也挺好。

我退学,是在 1994 年初,到现在,已经有二十年,我不是一个真正具有流浪精神的人,我其实挺胆小,挺追求安稳,所以我多次深刻地后悔过。但是,即使是这样一个人,在二十年后,仍然觉得,我应该后悔的,并不是逃开高考,而是在逃开之后,没能一不做二不休,将错就错,彻底跟那个主流路线分道扬镳。

假如我当时不那么害怕没工作,假如我就按照我爸规划的那样,困窘而自由地展开我的写作,假如我无视别人异样的目光,专心于更有价值的事情,我敢说,我也不会像我当时以为的那样穷困潦倒,没准会过得更好。

生活没有你想象的那么可怕,它尊重才华,也尊重努力,不管你选择怎样的道路,都别犹豫着老想折回。我怀疑大多数人都是被自己吓住了,为了不必要的隐忧浪费太多时间,不然也许普遍能过得好一点。

有一年，纵贯线全球巡演，来到本地。我买了票，坐在体育场高高的看台上，看那四个老男人嬉皮笑脸地出场，听他们唱：

出发啦／不要问那路在哪／迎风向前／是唯一的方法

出发啦／不想问那路在哪

运命哎呀／什么关卡

当车声隆隆／梦开始阵痛

它卷起了风／重新雕塑每个面孔

夜雾那么浓／开阔也汹涌

有一种预感／路的终点是迷宫……

这歌词像暴雨，兜头而下，粗暴地敲打着我的神经。它的名字叫做《亡命之徒》，看上去不是什么好词，但打出生起，有谁不是行走在亡命之旅上？哪有绝对的安全？又哪有绝对的不安全？不妨按照自己的意愿去生活，路在哪儿并不关键，你走到哪儿，哪儿就是你的路。

当然，也许，我更幸运的一点是，有一个尊重子女的选择并帮助子女成就梦想的父亲。

你为什么不去北京

大年下,有个关于城市大小之辩的帖子被狂转。

一个叫王远成的男子回顾,他大学毕业时来到上海,月薪只有1500元,9个人租一套房子,他生活得困窘但不狼狈,那时的他,像一个永动机一般充满活力。他不断地接受新鲜事物,并将其融入自己的工作中,他持续加薪,和能够与自己相濡以沫的女孩相恋,他也喜欢这座国际化大都市的各种便利,他说,那是一个神奇的城市。

后来因为母亲得了肺癌,他不得不离开他所爱的城市和女孩,回到家乡乌鲁木齐。父母帮他弄了个事业编,他们家有几套房子,可是,待得越久,他就越憎恨那种固态的、混吃等死的日子,三线城市人际关系暧昧复杂,待得并不舒服,他怀念上海,说,他一定要回去。

有位上海作家转发这个长微博时加了一句"不敢来大城市拼命,就只能在小城市等死",另一位作家写了条微博反对这一说法，她说她不喜欢大城市，就喜欢在小地方待着，"打拼"其实是内心自卑迫切需要外界认同的表现。我没有看到上海作家那条，对后者的说法表示同意，后来上海作家解释说，她的那条不是评判别人，而是讲给自己听的。我不由扪心自问一下，单就我自己而言，小城市真的更可爱一点吗？

显然不是。

1998年，我在家乡小城，找不到工作。这首先是我没有个像样的文凭，但我的要求也不高，暂且在某个文化单位当个"临时工"也可以，我们那儿很多没读过什么书的年轻人都是这样解决工作的，当然，我也得承认，这是大院子女的惯性思维。

这个"大院"，跟王朔冯小刚他们的大院没法相比，不过是小城的市委家属院而已。我父亲是个正科级干部，我后来才明白，像他这种"主任科员"类的正科级，没有实权，其实没有优势可言。

但我从小就在市委办公大楼里出没，叔叔伯伯都知道我写文章，热情地喊我"大才女"。这种虚假的繁荣，使我在读书时曾抱有一种幻想。可是，当我站到他们面前，那些叔叔伯伯，不管是文化局的，还是文联的，笑容依旧，只是"大才女"的称呼，变成了一串熟练的"哈哈哈"，然后，看看天，看看手表，找个理由，顺利地金蝉脱壳了。

能以"哈哈"应对,还算客气。我又去见一位更熟悉的"伯伯",他在某文化单位任要职,曾激赏我的某篇文章,我对他抱以更多的希望。但在他家的客厅里,他的脸色冰冷如铁,说,你说你会写文章,可我手下的每一个人都会写。我在没有被他的脸色击垮之前,勉强念出来之前准备好的最后一句台词:"你给我个机会让我试试吧。"他说:"那是不可能的。"

然后我就走在小城冷清的大街上了,从那个伯伯家到我家的路不到一公里,我却如丧家之犬,失魂落魄,心里结了冰,我不知道应该去哪里,那时,家乡不如异乡。

那些日子,每晚都不能入睡,小城的夜寂静如井底,把心沁得冰凉。我怀疑自己这辈子都找不到工作了,想起小时候上学时经过的那条巷子,是小城里的贫民窟,一排黑乎乎的小屋,经过时可以看见居民在里面刷牙洗脸吃饭以及站在床上穿衣服,我想,那也许就是我的将来。

我知道读者可能会指责我,为什么只愿意去文化单位工作呢?世上有那么多条路。怎么说呢?电影《东邪西毒》里有句台词,说一个人,要是学了点武艺,会点刀法,其实是件很麻烦的事儿,你就不愿意种地了,也做不好工了,世上很多事情都做不来了。这话很有道理,以我为例,写了几篇文章,在《散文》《随笔》《萌芽》,还有《人民日报》上发表过,也觉得有很多工作不适合我了。

想过要离开，去别的地方，再也不回来，死在外面都不回来了。许多人年轻时，对家乡都有这种怨气吧，鲁迅写绍兴，也殊无好感，可能是因为，撇开在父母羽翼呵护下的童年和少年时代，我们与家乡零距离接触的那几年，正好是我们最弱小的时候，受伤在所难免，结怨就理所当然。

但是我一时没有离开的机缘，倒是有一天，有人来找我，问，你愿意到××公司上班吗？我以前并不认识他，他是个资深文青，现在在那家公司人事部门工作。

那是小城里最大的民企，有酒店也有商场，我说愿意去看看。于是他带我去见那家民企的董事长。董事长是个看上去就精明强干的男人，我忘了他问了我些什么，印象深的只有一点，他说之前那个工作人员已经把我的文章都复印了，他这几天一直放在床头看。

我如遇知音，第二天就上了班。一个文友闻讯来阻止我，说，你到那里能干啥？小城不缺一个端茶倒水的小职员，但你肯定不是干这个的。这话听了很受用，却也只能一笑了之，事实上，虽然有所谓"知音"的铺垫，在那家公司，确实也只能干个端茶倒水的活，以及每天早上和大伙儿一起打扫董事长的办公室。办公室主任告诉我，擦那张大大的老板桌，一定要一鼓作气，从这头擦到那头，不能停顿，否则会留下不显眼的污渍。

有时也陪董事长参加宴会，华丽的厅堂，冠盖云集，小城里的各界名流，在酒桌上说着他们的笑话，觥筹交错。而我是无措的，无措到以我的记忆力，居然记不起宴席上的任何一个细节，记得的，是董事长对我不会说话不会敬酒的不满，以及整个公司对我不能够掌握同时帮董事长拎包和拿茶杯技巧的善意取笑。

我不觉得失落，因为我自己也想不出能在这儿干什么，甚至于我都不明白，这个不缺人的公司，为什么要招我这样一个明显不合适的人，是对写作者的同情？还是想多"才女"这么一个品种？

更多的时间里我无所事事，为了不显得太无聊，就趴在桌子上写文章，写完寄给本省的一家晚报。几天后，我按照报纸上提供的号码打过去，副刊编辑欢乐地告诉我，已经发了："好评如潮啊！"接下来的几个星期，我又发了两三篇，当我发了四篇文章时，那位编辑写了一篇文章，将我和本省的另外两位女作者放在一起做了点评，题目叫"解读小才女"，那年，我二十三岁。

和我同时被点评的一个女孩对我发生了兴趣，她对一个男粉说，你要是能找到闫红，我就请你吃饭。那个男粉得令而去，用电话疯狂地骚扰了我可能出现的每一个单位，有一家单位提供了我家的电话。他打去许多个电话之后，我终于下班了，我听到他在电话那一端欢快地说，来吧来吧，我们都想见到你。

我跟公司请了假，施施然前往合肥。那年头人心简单，丝毫没有考虑到骗局什么的。和女作者与她的男粉见了一面,女作者现在是我的朋友,男粉却从此消失在茫茫人海里,问那女孩,她说,我不知道他去了哪里,不知道他怎么冒出来又怎么消失的,好像他只是为了把你引到合肥而出现的。

那是一次至关重要的旅行,我顺便去拜访力推我的副刊编辑,他是一个羞涩拘谨的男子,却告诉我一个改变了我人生走向的消息:省城的某报在招聘。他说,你一定要去试试。

我去了那家报社,除了一张身份证,没有带任何证件,我嗫嚅着跟办公室的工作人员说我的情况,一位女士回头笑问背对着我的年长者:"吴老师,你看能给报名吗?"年长者没有转身,说:"够条件就给报,不够条件当然不给报。"女士无奈地笑看着我,我知趣地退出。

并没有转身走开,我想了想,径直走进总编办公室,一口气说完我的情况,那位总编没有表情,只是在听完后对我说,走,我带你去报个名。

就那样报上了名,笔试,面试,不敢报太多希望。那是1998年,该报打出的广告是年薪三万,应聘者挤破门槛。

回到家乡的第二天,我接到报社办公室的电话,通知我后天去报到。后来我听说,面试之后的会议上,是那个背对着我的吴老师替我慷慨陈词,说:"这样的人不要,我们要谁?"又有人告诉我,会议结束后,他坐在休息室里抽烟,眯着眼,微微笑着,有人问他有没有招到人才,他说:"有个叫闫红的很有灵气。"我完全想不出哪句话打动了他,当时我因为太过紧张几乎语无伦次。

我去那个公司辞职,副总遗憾地说,哎,我们正准备派你跟某某考察包衣种子市场呢。我也觉得遗憾,这可能是我在小城那两年,得到的最有趣的工作了。

我来到合肥,就像随手抽中的一根签,却写着"上上大吉"。虽然一年之后,我就因在"敌报"上发表散文而被辞退,但当我来到"敌报",跟总编自荐之后,总编也是没什么表情地听完,对我说,你明天来上班吧。

这个"敌报",就是最初推荐我的那个报纸,《解读小才女》的作者,成了我的同事。

没有小城里的叔叔伯伯,但我在这里一次次遇到真心帮我的人,我跟两位总编都不熟,入职后见到领导都躲着走,但所有的人都原谅我。

之后生活顺风顺水,我在这里结婚,买房,生子,人际关系简单到可以忽略,也没有让人厌烦头疼的人情往来。这似乎是为我量身定做的一座城市,它不繁华也不喧嚣,更不排外。它房价适中,气候温和,街道干净,街边栽种着浓密的灌木与花草,新区里多公园与小湖,一年四季桃花红李花白桂花梅花开个没完。它更大的好处是小,以我自己的生活为例、学校、单位、超市、电影院、书店、大剧院、体育场，皆可步行抵达，而步行时可以一路赏鉴那些默默开放的花朵，以及突然惊飞的一只白顶黑背的小鸟，哦，对了，有一次，我还在路边邂逅一条小蛇，可见生态环境之好。

有时也不免想，假如当年我没有出来，会怎么样？会在那个公司干下去吗？我直觉不会，最好的也不过是终于博得谁的同情，去某个文化单位做个"临时工"，拿着比别人少上一大截的工资，逢年过节给领导送礼，眼巴巴地等着转正，一等可能就是五六年、七八年——有几个和我处境相同的人，在那里是这样过的。

结婚，生孩子，过年时和亲朋好友坐在一张大桌子上吃饭，旁敲侧击对方的收入，在被对方描述得完美的生活中暗自寻找破绽，很多人在网上这样描述。如果留在那里，可能就是这样的一辈子，不如意，不顺心，但也渐渐习惯了，就像张爱玲说的，像是在长凳上睡觉，抱怨着抱怨着也就睡着了。

说了这么多，我不是说，小城市就不好。我相信中国一定有无数可爱的小城市，甚至于家乡小城，也不见得就不好，也许是我运气不好，也许只是那地方不适合我，应该会有很多人，在那里拥有着真实的幸福，但是，若我在那里，确实只是等死。

这些年，也经常有人问我，你为什么不去大一点的城市呢？为什么不去北京？我没法回答，我不是一个有魄力的人，在被那家报纸辞退的那一年，我给北京的一家报纸投去过简历，没有收到回复。

那时我二十四岁，很年轻，如果能去成，可能也就去了。那几年，是去北京的黄金年代，亲戚买的东四环外的房价六千一平方米。一开始去可能有点艰难，咬紧牙关，打拼几年，总能够生存下去，我不知道如果去了，现在的我，是什么样。

现在的我和北京，都明显不再相宜。房价且不说，交通也让我头疼，起码，在那里，我无法想象一个上有老下有小的中年人，有一天不借助任何交通工具的生活。还有各种限购，抽签上牌，这座城市对于新移民可谓严防死守。

再说又何必去北京呢？网络这么发达，长途话费一分钟一毛五，包月套餐都用不完，传说中的那些歌剧舞剧演唱会，早已将二、三线城市当成新市场，在这里，并不缺少什么。

但似乎还是缺了点什么。在微博朋友圈里围观朋友们的生活，总觉得他们比我活得要投入，的确，那么高成本地生活着，一定要更加不辜负自己的心吧，不妥协，也不轻易放弃自己。那个从合肥去北京的林特特就对我说，她回到合肥，见到很多女人，不过三十多岁，口口声声把小孩弄好就行了。她总可惜她们放弃自己太早。

她这话让我警醒。

我在北京见过一个女人，锦州人，退休后来到北京，租了一间小房子，学画画，参加各种文艺活动，很精神，很有斗志的样子。我觉得她为我指了一条路，等我老了，没准也会选择做个老北漂，那时我就不想买房子了吧，那时坐地铁该有人给我让座了吧，趁着胳膊腿还能动，我在北京城里东溜西逛，想想这样的夕阳红，觉得人生还有点奔头。

像三毛那样生活
▽

那时候,我家住在一条巷子深处。

二十世纪八十年代最常见的小巷,散布着若干个院门,若干水泥板连成的一条小路,年头久了,步行或是推着自行车走在上面时,水泥板随脚步咣当作响,若是下雨天,没准还会从缝隙里溅出一缝泥水,落到鞋面上。

墙角里缝隙大,青草挨挨挤挤地露出头,夏天里几场雨水一过,它们争相疯长,迷离草色上,开出雏菊样的花,在风里微微摇晃着,多看一会儿,就会看呆住,恍然不在这现实人间。

十三四岁,我正是着迷于这梦幻的年纪,看到什么,都会生发出无尽想象。家里人觉得这个孩子有点怪,也不是天才的那种怪法,因为成绩并不好。何况这孩子还别扭,总觉得自己受到忽视,比如家里在院子里盖了一间小房,父母分给我住,我首先很高兴自己有这样一个小天地,随即便质疑为什么弟弟和他们同住在正房里，却把这个单门独户因而不甚安全的小屋给我住？

似乎是为了质疑而质疑。深夜，打开院门，一个人走出巷子，在空无一人的路上走很久，想象自己就此消失在月光里，我明明是快乐的。我的怨艾，不过是生活中其他细节的日积月累，太多不足为外人道的细节，让我感到，我的父母分明爱我弟弟更多一点。

争吵、痛哭、离家出走，我在作文本上写下厌世的话。父母不胜其扰，一度归责于我小时候曾经重重地跌过一跤，我把这说法直接翻译成"有病"。一方面很愤怒，一方面也怀疑自己。我像一个真正的精神病患者那样，做出更多极端的举动，证明自己头脑清晰，同时又明白，这种证明，只会收获更多的怀疑。

在愤怒与自卑的夹击中，不能替自己洗刷，也找不到出路。许多个深夜与清晨，我在那条巷子里来来去去，心里有一大片不甚清晰的想法，不知道该说给谁听。

巷口住着我爸的一位同事，小城日报副刊部的编辑王叔。我爸说他是小城最有学问的人，他家藏书非常多，我有时会到他那儿去借书。有天，他交给我一本《雨季不再来》，作者有个很奇怪的名字"三毛"。王叔说，很多人在看她的东西，你可以拿去看看。

我于是看到那个名叫三毛的台湾女孩，像另外一个自己，她也有个被家人宠溺得有点霸道的弟弟，有凶巴巴的老师，她同样是在家中被忽略，在学校被责罚。她用笑话掩饰她的隐痛，说，排行老二，就像夹心饼干的中间层，明明最可口，父母就是注意不到。虽然我不是老二，却能理解她笑说这句话时的苦涩。

她似乎知道我和她很像，在序言里写："一个家庭里，也许都有一两个如二毛当时年龄的孩子。"（注：引自《当三毛还是在二毛的时候（自序）》）她又告诉我希望："一个当年被父母亲友看做问题孩子的二毛，为什么在十年之后，成了一个对凡事有爱、有信、有望的女人。"（同上）从她的笔下，我看到惨绿少年，也可以月白风清，摇身变成洒脱的女子，去周游世界，看浩荡人间。

相对于琼瑶，三毛让我生出了更多的代入感。琼瑶式的浪漫，需要对手戏，我不是她笔下"好温柔好温柔"的女孩，我也不相信自己有那个运气；三毛般的情怀，更多的是内心戏，见物生情，随遇而安。

她笔下有德国的酷寒冬日，有撒哈拉的赤日黄沙，她为我们制造了一整个远方，却又凭着她的生花妙笔，将那远方拉到眼前，即便是行走在淮北小城的巷子里，我也觉得她的远方，就像画卷，像海市蜃楼，随时可以召唤，在我眼前徐徐展开。

三毛的那几本书救了我，让我觉得，被忽略也没关系，神经质也没关系，成绩不好也没关系。三毛本人就没有正经读过大学，她追求课本之外的更有质量的人生。她说做个拾荒者也很好，"这种职业，不但可以呼吸新鲜的空气，同时又可以大街小巷地游走玩耍，一面工作一面游戏，自由快乐得如同天上的飞鸟"，当年我念出这一段时，我奶奶火冒三丈，这是不容于当时社会的想法，但最后，好像是三毛赢了。

她是给我勇气的那个人，让我也能放弃常规路线，选择自己喜欢的生活，囿于现实，我没能像她那样走那么远，但回想那几年，是一生中难得的随心所欲。

我还按照她的趣味决定我的阅读，张爱玲就是她推荐的，之前我只知道有个名叫张爱萍的将军。我知道她爱贾平凹，爱王洛宾，激赏白先勇，甚至于她偶尔提到个蔡志忠，我都特别地高看一眼。

像我这样的人一定很多吧，她偶尔来次大陆，在传媒不发达的年代，她的履迹都被人津津乐道。她去一趟周庄古镇，坐过的茶楼便易名为"三毛茶楼"，报纸上更不会忘记告诉我们，她在那里热泪盈眶，恍如看见自己的前生——是否就是从这个时候，我开始感到了些许异样，前生来世这样的词在三毛的笔下出现得太多，以至于一度成为女文青的必备姿态，就像她那种波西米亚的着装，特色鲜明，文化范儿十足，还显得特别性灵，一度成为广大女文青的标配。

她对于贾平凹和王洛宾的热情也显得很夸张，那种夸张，似乎成了她的一个标签，她就要这样忘情投入地去爱，她就是敢爱敢恨。她将这种感情状态，附体于以张爱玲胡兰成情事为本事的《滚滚红尘》剧本里，张爱玲像她一样夸张，早恋、自杀，张嘴就标榜："我这个人，把钱看得很淡。"——老天，如果她是张爱玲的真粉，一定知道，张爱玲许多次说过自己爱钱如命。

说来也很荒谬，我由三毛的引荐，开始读张爱玲，真的读进去之后，转过头再看三毛，却没有那么可爱了。相对于张爱玲分分钟的自省与自嘲，三毛明显姿态过多，几乎每一本书里，都会出现几个人对她另眼相看或者干脆爱上她。《倾城》里英俊的东德军官，对她一见钟情，动用特权帮她通关，陪她进出时，遇到的所有军人，都向他们敬礼。

他对她说，你真美。她自陈，那时的我是一个美丽的女人，我知道，我笑，便如春花，必能感动人的——任他是谁。

简直是玛丽苏的鼻祖啊，我后来确实看到坊间热卖这种"在异国他乡和大人物艳遇"的旅游书，看来无论是美食书还是文学书，只要能调动人们的口水，都能大获成功。但这种玛丽苏尚且是可爱的，谁在年轻时不曾有过那样的自信满满，而那时我们的微笑，也确实打动过随机遇到的某个人。

可是在《万水千山走遍》里，描述那个外交官对自己的"贪心"就大可不必了；亦不必告诉读者，自己虽然暂住他那"艺术而舒适的豪华之家"，对他依旧非常不耐烦；更不必伴作不经意地描述助理米夏被外交官豪宅惊呆了的穷形尽相,这种描述固然能"增加你的高度,衬托你的威仪",却实在没有什么营养啊。

总有人对她一见钟情,亦有人对她日久生情,荷西的同事爱她爱到悲伤,不敢再来见她,美艳芳邻的丈夫亲口告诉她:"我敬爱你。"他并不是个例,当她在喧嚣的人群中感到厌倦时,总有人慧眼如炬地发现她如白莲花一般脱俗,拍拍她的脸,告诉她,虽然他们很闹,你要快乐一点。

这是她应得的,在她笔下,她是那样勇敢、善良、智慧、节制,跟其他或愚昧或肤浅虚荣贪婪的女人完全不同——我每敲一个词,都觉得自己会因此而下地狱,但这几句真话,却是不得不讲。

让我疑惑丛生的还有。荷西去世之后,她的婆婆跟她讨要自己应得的遗产,她不愿意面对这个问题,说些人都死了,钱财这些东西又何必那么看重的话。这话没错,但应该是针对自己的财产而言吧,难怪荷西的姐夫会被她激怒,而她只觉得对这些人非常无语。

她似乎又不是真的不那么看重财产,给她母亲的信里说道:荷西没有遗嘱,公婆法律上当得的部分并不是我们私下同意便成立,必须强迫去法院。法院说如果公婆放弃继承权,那么手续便快得多。事情已很清楚,便是这幢小房子也不再是我的。

她抱怨了办手续的烦琐——如果公婆放弃继承权,就没那么烦琐;

同时又郁闷于这个小房子也不再是自己的,其实只是不完全是自己的。

我承认,这个细节是我后来才觉异样的,当年我看到这里,只觉得荷西家人利欲熏心,欺人太甚。这或者要归功于三毛精彩的文笔,有才华的人就是有这个本事,让你不自觉地站到她的立场上,她的立场没错,只是不像她自己说的那样仙风道骨。

张爱玲告诉我们,人生是一袭华美的袍,爬满了虱子。三毛只负责展示华袍,把找虱子的任务交给了读者。

有许多年不看三毛,有时在网络上看到她的语录——她回到台湾之后,很爱说一些心灵鸡汤,有刻薄人转发了,加上一句"所以她自杀了"。我也想回一句什么,但到底还是保持沉默,在意识到她的矫情、虚荣、粉饰之后,我心里依旧为她保留着一席之地,她是我青春岁月里爱过的人,那爱,还在心里留着根。

前几天又把她的书找出来看,颇有些字句让我微笑,但不知是上了年纪还是怎么着,微笑一闪而过,我看到了更多的活色生香,她的远方再次在我心中复原,我跟随着她,一路万水千山。连带那些曾经让我深为不以为然之处,都让我产生新的认识。我在想,她一而再再而三地标榜自己,是否意味着她并不像自己说的那样,已经从忧郁的林妹妹,成长为泼辣的王熙凤。

曾经被忽略与羞辱的挫败感，不会那么轻易就从心中抹去，即便随着境遇的转变，变成活泼开朗的另一个人，依旧有个小声音在心里住着，时不时地跳出来，要求你，说点什么，证明自己。

证明自己的美好，证明自己值得并确实被尊重与宠溺，证明自己与那个过去已经一刀两断，不被肯定的境遇下长大的后遗症，即便后来千般宠爱在一身，还是不能释然。

还记得当初听三毛自杀的消息，猝然心惊，听说她的自杀与电影《滚滚红尘》拿了诸多奖项，唯独没有拿到编剧奖有关，更觉得是无稽之谈。大情大性的三毛，看重的是人生，是活着的滋味，如何会将蜗角名利萦萦于心上，然而，在很多年之后，想来亦觉得不无可能。

"用生命创作"（三毛母亲语）出来的剧本，唯独未得青眼，是否会生出被全世界遗忘的寒凉，将积蓄了太久的阴郁引爆？即便这不是主要原因，也有可能是刺激到她的一个重要原因。说到底，没有茁壮成长的童年，无法长成一棵遮风挡雨的参天大树，当然，这也是作家的天性使然，怪不到任何人，只能怪命运。

可命运明明又待她不薄，给了她才华，给了她追求与抗争的勇气，也给了她丰富精彩的人生，她这几十年，比人家寿归正寝都值。

许多年前，在小巷深处的某一个窗口的灯下，我看着她绸缎一般的人生，在纸上闪动，心中羡慕，默默跟从；若干年后，我有了自己的生活，从最初的喜悦，变得倦怠，她的文字，依旧有提神醒脑之功效，那些小小的瑕疵，可以被轻易忽略，我见的还是她的好。并对自己说，就算到了这把年纪，也还是要像她那样啊，一朝一夕，一时一刻，都要按照自己的心意去生活。

— 也许我们将来都会像王菲那样恋爱 ▽

王菲和小谢一复合,就有人想起张柏芝来了,以及她的那两个孩子。几乎所有关于菲锋复合的文章下面,都有人如暴风骤雨般怒吼:孩子,孩子,你们怎么不想想那俩孩子。他们心中的大团圆,是小谢将两个孩子和笑着流泪的张柏芝一把拥在怀中。

这话让我感到耳熟,无论是影视剧里,还是现实生活里,当一个人对伴侣或者对婚姻生活感到不满与厌倦时,就一定有好心人苦口婆心地对 ta 念,想想孩子吧,为了孩子啊!好像孩子是生活之上的那一道封边,封锁了一切突围的可能。

他们这样说,也不完全没道理,普通人家,父母离异,孩子确实是最大的受害者,别的不说,单是那点赡养费,就能让许多离异夫妻打破头。若是再碰上个人渣,生而不养,不愿意对另一方做出足够的补偿,更是弄出一出出人间悲剧来。我曾亲见有个远房舅舅在老婆生了好几个女儿后将她们统统遗弃,几个表妹颠沛流离,其中的血泪,不堪再提。

但我舅舅这种情况，却与小谢他们不同，他的问题不在于离婚再娶，而是没有同时尽到自己的职责，没有给妻女足够的补偿。但人家小谢和张柏芝都是大明星啊，虽然关于小谢付给前妻多少赡养费一直成谜，反正Lucas兄弟全世界名校挑着上，这点完全不是问题。就算那些学费都是张柏芝出的，谢霆锋该骂的地方是没有给钱，而不是不和张柏芝复合。

然后就是精神上的伤害。没错，所有的孩子都希望父母在一起，我家七岁娃娃都说，他最喜欢的时光，就是晚上爸爸看报纸，妈妈玩手机（汗一个），他在床上跳来跳去地玩。但首先明星们的生活方式本来就和我们不一样，就算在一起，他们在不停地赶通告的间隙中，也不大可能与孩子朝夕相处。

更何况，人生不如意事十之八九，若父母不再相爱，甚至互相嫌憎——张柏芝和谢霆锋离婚大战时，她弟弟就曾向媒体投诉谢对她非常冷，难道还都得为了一时的气氛，忍下一肚子的气愤，貌合神离地在一起，搭进自己的一生？

我知道有伟大的男人与女人能够做到这一点，连以刻薄著称的张爱玲，都会让她笔下的理想女性顾曼桢，为了孩子，嫁给她恨之入骨的姐夫祝鸿才。《激情燃烧的岁月》里面的褚琴和丈夫石光荣从生活方式到三观都极度不合，但为了孩子，还是咬着牙过了一辈子，更不用提我们的生活中，有多少母亲（或者父亲），都曾告诉孩子，要不是为了你，我早就跟你爸（或者你妈）离婚了。

　　这都是些伟大的父母，把孩子看做全部，愿意搭进自己的一生，可歌可泣，感人肺腑，但是我还是要冒着没有良心的风险说一句，这样做，对孩子真的好吗？

　　这些伟大的父母中，有一部分，成为伟大的债主，有多少控制欲强到让孩子抓狂的父母，当初不曾为孩子忍辱负重。他们牺牲掉自己，都是为了你，你怎么可以不过得像他们希望的那样"好"？于是，从学业到婚姻，到每一个细枝末节的选择，都要按照他们的意思来，稍有违逆，不等他们骂你没良心，那些辛酸往事就已经在你眼前一幕幕回放了，你做了全世界的贰臣逆子。

　　有个全世界为之撑腰的债主，真可怕。

　　当然，也有许多父母，情绪稳定，性格正常，即使对孩子恩重如山，也能只字不提。但身教大于言传，父母是孩子最好的老师，我就不相信，一个把自己的人生，仅仅当做孩子的铺路石，是将卫星送上天之后的废弃物的母亲或者父亲，真的能教育出热爱、珍惜自己人生的孩子。思维方式是有传承性的，即便这个孩子因为被溺爱而变得自私，但这跟真正按照自己的心意去生活是两回事。

　　艾略特在那首著名的《普鲁弗洛克情歌》里这样问道：我将把头发

往后分吗？我可敢吃桃子？每一个最为个人的行为，都有可能招来别人说三道四，最后，即使你看到你伟大的时刻在眼前闪烁，也没有魄力把它推到紧要关头。人生变成"总还有时间"的含糊假设，在认真对待自己生命面前，绝大多数人都是拖延症患者。

但我同样能理解这些父母的无奈，这是初级阶段的无奈，不是所有人，都能为自己的感情转移对对方做出足额赔偿，以及有能力照顾到已经分开的孩子。但是假如小谢在能够把孩子安置好、尽到自己的职责和义务之后，和他所爱的王菲在一起，应该比和他已经不再爱的张柏芝在一起更好。

他身体力行地告诉他的孩子，在已经确保他人利益的基本前提下，人首先要对自己的一生负责，一个把自己过好了的人，才能不扰民，不给人良心负担，也才能让身边人感到，一切都是自由的。

而这，也是王菲之于观众的意义。王菲的行为方式，给围观者带来的福利，在我看来，甚至大于她那天籁般的歌声。虽然在她极年轻的时候，也曾被经纪人控制，取"王靖雯"这种艺名，和窦唯离婚时，也会任由经纪人把自己打扮成受害者的形象，但她的成长是如此之快，不过三五年，她就成长为真正的自己。

在她身上，你可以看到，爱就是爱，它无关名利、婚姻、归属感，你也可以看到，不爱就是不爱，它不是恶意，也不会带来耻辱。爱与不爱，简单地变成想和一个人在一起，或者不想和一个人在一起——也许这就是她当初和小谢分手时能够守口如瓶的原因，也是她现在能和小谢在一起的原因，卸下那些被强加在爱与不爱之上的负担，她从必然王国上升到自由王国，随心所欲而不逾矩。

是什么使王菲如此强大？我想首先是财务自由，其次则是她天生的一种懒散气质。小隐隐于花钱，大隐隐于懒散，在每个人都着急忙慌的名利圈里，懒散，会使人置身事外，无视各种好心或不安好心的劝告，直面内心的声音。

这种懒散不可复制，但她却给后来人蹚出了一条路，如果社会能够持续地向更好的方向发展，个人基本利益都能有制度来规范，也许将来我们都会像王菲那样恋爱，在对的时间和对的人在一起，若是时间不对了，人也不对了，分开也没关系。爱情变成一个很轻盈的东西，变成一双翅膀，载你在梦幻的国度里飞翔，而此时，所有的杂音都是失礼和粗暴的，人们会自觉地噤声屏退，退回到自己的城池。

这样的社会应该还很远，像共产主义那么远，在物质还相对匮乏制度还不够健全的情况下，爱情与自由，很容易变成随心所欲乱搞的借口。但是，不管怎样，对已经有能力超越现实社会的人，我想还是给予祝福比较好。小时候，听老师讲，共产主义社会是按需分配而不是按劳分配，马上愤愤然起来：那岂不是太不公平？万一我干得多而那个懒人需求更多呢？多年之后，想想那个幼稚的自己，真想穿越回去摸摸她的头：亲，你一个初级阶段的人，就不要评价人家高级阶段的事儿了，先把自己过好了再说吧，到时候你就明白了。

她的谋生与谋爱

　　章子怡初亮相，只有 19 岁，在张艺谋更像一个加长版 MV 的电影《我的父亲母亲》里，扮演痴情的村姑招娣。两条麻花辫，一件粉色小袄，人面桃花，黑眼睛里总是汪着水，几乎不需要演技，一个回眸，一次羞涩的微笑，就能触动观众的青春意绪。

　　张艺谋无疑对她很满意，对记者说，岁数大点的演员，演不出来 19 岁的感觉。他没能说出来的是，章子怡的 19 岁，比其他人更像 19 岁。后来我知道了有个词叫做"小妞电影"，这个词挺洋气，来自好莱坞，可是让我闭上眼睛想象一个小妞，第一个浮出来的，一定是那个名叫招娣的乡下姑娘。

　　但我并不喜欢这部电影，如电影里奔跑的招娣一样，它纯净得像个童话，唯美到有点失真，但又像许多童话一样，抒情笔调之后，自有利益法则。

　　影片讲述了农村姑娘招娣痴恋城里来的青年教师的故事，她爱到意乱情迷，魂不守舍，他的离去让她大病一场——故事编不下去时编剧常常会请出这种苦肉计。最后，她在乡亲们的祝福中，如愿以偿，和这个年轻人结为夫妇。

她的美貌，他的文化与城市背景，其实是这场爱情的基石，即使被张艺谋加了一层又一层柔光，这个故事的本质，与那种"霸道总裁爱上我"式的意淫，都在五十百步之间。都是利用自身资源，实现对所属阶层的突破。

剧中围观群众对他们爱情的祝福更是可疑，根据我既有经验，在一个封闭的小环境里，人们对这种"攀高枝"行为，最善意的也不过是冷眼旁观，至于蜚短流长，幸灾乐祸，则因为更具娱乐性而更为广泛采用。

对我这个观点，一个40来岁的中年男人，娱记界前辈激烈地不以为然，他让我觉得他已经爱上了招娣，那样一个痴情又美丽，关键还是处于被支配者位置的女孩，也许是他们那一代男人的梦想。

但梦想破灭得太迅速。在《我的父亲母亲》的宣传期，已经传出章子怡与张艺谋的绯闻，在记者面前，张艺谋笑着"抱怨"章子怡瘦成那样了还要减肥，章子怡则给张艺谋盛了一勺鸡汤，还喃喃道"补一补，补一补"。在许多新闻里，章子怡都在有意无意地标榜自己，比如，她对记者说，某次观众见面会上，有个女观众对她说，你比巩俐漂亮。她自己则认为，她的五官，比巩俐的精致。

即便剔除记者的夸大其词，章子怡也绝对不是那个为了爱情，慌乱地奔跑在原野上的乡村美少女，她的野心、自负，在初出茅庐之际，已经昭然若揭。那个爱过她的四十岁男人，对关于她的话题，久久陷入沉默，我想，他大概觉得受到了伤害。热爱痴情美少女的老男人，往往也最恨有野心的姑娘，这意味着他们被抛弃被放弃，要是她有一张他梦想中的脸，那种愤怒就来得更为深刻。

作为同性，我也不喜欢这样一个章子怡，即便她主演的《卧虎藏龙》我看了两遍而且很喜欢，我依旧声称，是杨紫琼和周润发的表演打动了我。只是多少年之后，我回顾这部电影，俞秀莲和李慕白的爱情淡如水印，凸现在我眼前的，永远是章子怡脸上的倔强，和她大漠里一袭红衣的激情，碧潭边白衣翻飞的绝望。她大睁着眼睛，对着杨紫琼念那句台词："我就要嫁人了，但我还没有过过我自己的日子"，一如她自己的心声，又道出了无数怀揣梦想的女孩不能放下的那点指望。

那个时候，我发现章子怡有一张千变万化的脸，似乎每个角度看上去都不一样，《我的父亲母亲》里的温柔秀丽，在《卧虎藏龙》里荡然无存，脸上的每一根线条都是那样简洁而凌厉。不只是电影里，各种发布会开幕式广告硬照，都像是有几个人在出没，我承认每一张都很好看，但是我不喜欢。

这个女孩，高调，张扬，虚荣，还有点口不对心。她一度自称不希望太红，看到赵薇红成那样，都替她累。但事实上她不是也蛮拼的吗？

这种拼不只体现于她演戏时的不惜力,还包括"喂葡萄""坐大腿"等等一系列传闻。她辩解说是记者撺掇她那样做,我能理解初出道者的不晓得利害深浅,也知道在娱乐圈搂搂抱抱亲亲都是常事,但是,娱乐圈里也有矜持的姑娘,你怎么老跟差生比呢?

　　毁诉如潮,据说张艺谋也对她有所疏远,在那个女明星都想要德艺双馨挣美誉度的年代,她是独树一帜的异数。但她似乎并不想对观众妥协,没有示好之意,一个劲儿高歌猛进,得国际大奖的同时,传出一段段情事,而那些情事的男主角,一个比一个有来头……渐渐人们对章子怡刮目相看了,说到底,这个世界最终信服的是力量。广告商比大众更懂得这一点,那一段时间,章子怡接下的广告无不高端大气上档次,而且,不管你喜不喜欢她,都得承认,在那些巨幅广告上,她仿佛纤尘不染的脸,若有星光。

　　但真正让我路转粉,是在某个我已经记不清季节的傍晚,我在楼下小店里租了一张《2046》回来看,我是奔着张曼玉、梁朝伟、王菲去的,但是,当情节逐步推进,让我随之悲喜的,却是章子怡扮演的那个风尘女。

　　我看到她在凌乱的环境里接电话,一边用手指绕着头发巧笑嫣然:"你哪个大宝啊?我认识好几个大宝呢,有北京的大宝、上海的大宝……"嘴里像含着一块糖,流溢出一个烟花女子的万种风情。我曾在微博上说起这个,有人说我是高级黑,还真不是,许多女演员演不好风尘女,《摇啊摇摇到外婆桥》里,巩俐演得多么生硬粗鄙,《和你在一起》里,陈红演得风骚有余风流不足，说到底，她们都是把那些女人当成"他人"去扮演，唯有章子怡，在这个惨淡的小角色里，注入了自己的灵魂。

风尘仆仆地活在这尘世间，谁不是谋生亦谋爱？身份千差万别的女人，灵魂里都有那么一块相同的质地，自称"不惜力"的章子怡，把那相同的一小块找到了。所以她扮演的那个小女子，既老辣又天真，既百毒不侵，又无尽凄凉，在陈旧的旅馆房间里，她向梁朝伟"借一个夜晚"而遭拒，我真的替她感到心脏被利器划过的疼痛。

我承认，我有才华势利眼，被章子怡的表演惊艳之后，她过去的种种皆可理解。我知道她出身于城市平民，儿时家中经济窘迫，她曾说过她小时候想要一个洋娃娃而不得，未被富养的女孩，偏偏天资过人，怎怪得她少年成名张牙舞爪？换成你自己，也未必不会举止失当。这些有那么重要吗？我们有的是谨小慎微做人周全的姑娘，但像章子怡这样，能将自己的灵魂渗入到角色中的演员，世所罕见，不可再得。

当然，我也看到对她演技的批评，说她演每一个角色，都像演自己，但事实上，玉娇龙和宫二并不像，苏菲和小百合更是相去甚远，会给人都是章子怡本人的错觉，是她的戏与人实在严丝合缝，也因为她这个人，就像她那张脸，千变万化，横看成岭侧成峰。

张爱玲曾说，一个好的作家，不大可能是个淑女或者绅士。在她的自传体小说里，桑弧说她全身都是缺点——除了还算节俭，她也视为赞美，在心里大言不惭地将自己比喻为镂空纱——处处都是漏洞。

这确实是值得骄傲的事，正是那些漏洞，使得镂空纱更美，也更有质地，在我看来，章子怡的美，也在于她的漏洞百出，在她呈现出的人生里，你几乎看不出经纪人的作用，也许，就因为这样全无遮挡，少了份"香菇菜心"式的神秘，让观众无法动用自己的想象力，她注定，无法成为一个虚无缥缈的女神，接受粉丝的遥遥膜拜。

居心叵测的传言、落井下石的嘲讪，它们层层皴染，将她越发涂得层次丰富，也越发难以捉摸。当人们以为她是一个唯利是图的拜金女时，记者拍到她和撒贝宁去度假，当人们以为她已看透风景要找个人看细水长流时，她忽然又曝光了和汪峰的爱情。她让观众失语，因为你永远没办法去概括她，她也让观众愤怒，这样的神龙见首不见尾，让习惯了将女明星类型化的人感觉到某种失控。

也许正是这种失语与愤怒酿成那样巨大的恶意，永不停息的"帮汪峰上头条"浪潮，恶搞的快意背后，是否也有针对章子怡的无力感？当然也有如胡紫薇女士替她扼腕可惜，认为她这般选择是因为她"不知道自己有多好"，但我总想象，在这场不被理解的爱情中，章子怡一定得到了他人难以想象的快乐。

至于不被他人理解，也没什么关系，这世间根本不存在被他人理解的爱情。不久前，一个又一个"女神"传出喜讯，粉丝们给予娘家人的祝福，赞美那一对对神仙眷属，但焉知这种过度的赞美，不是另外一种妖魔化？是他们自己想象的产物，跟明星本人未必有多大关系。

倒是另外一幕别有深意，文章出轨的消息天天上头条那阵子，记者拍到汪峰和章子怡出现在澳门赌场，大口罩遮住她半边脸，看上去就像个寻常女子，和江湖没有半点纠葛。但不知为什么，偏是这样的寻常，让我想起《卧虎藏龙》里，玉娇龙对于自由的向往。如果说当初是她在角色中放入自己的灵魂，此刻，便是那个角色穿越一大段时光，在她身上附体。

辗转这些年，历经那么多变迁，她折腾别扭正如玉娇龙，逃脱所有的限制，彻底解放自己。不知从何时起，男主角不再兼任事业的贵人，而是一个纯粹的有吸引力的男人。她不需要把爱情和事业绑在一起了，她从容了。澳门赌场里被偷拍到的那个她，就给我一种放下了的感觉。祝福她，终于在自己的江湖里，过上自己的日子。

让好色之徒铭记一生的美人

借助一档真人秀节目,女星许晴成为焦点。有意思的是,热议的内容与结论反差太大,人们先说她公主病,不合作,没团队精神,处处要人照顾,还老跟这个那个闹别扭,结论却峰回路转:有啥办法呢,人家原本就是公主嘛。

据报道,她家世显赫:曾外祖父是湖北省最后一位参议长,姥姥小姨都是外交官,母亲是总政歌舞团的舞蹈演员。她自己长得美,还是学霸,数学考了120分,这些条件累积出来的一个人,当然有资格傲娇一点。她自己也貌似解释、疑似挑衅地说:"大家都宠着我爱护着我,所以这么多年来我只做自己喜欢的事。"

于是人们说,公主得个公主病不是很正常吗?要是凤姐得,就不太合适。

这种评论乍一听有种"错误的正确性",仔细想,还是有点儿不对劲,它的意思似乎是这样的:因为我美,我优秀，我家世显赫，我处处受宠，我就不必像尔等屌丝一样和善。合作、体谅，那是草根无可奈何的妥协，含着银勺子出世的人一开始就获得豁免权，即便跋扈傲慢些，那也是你们须仰视才得见的风范。

瞧，多狠。但也体现了这个时代的精神。在拼爹、拼脸、拼学习的几大领域，许晴都卓然胜出，而我们这个时代，是认这个的：只要你比别人强，强很多，你自己首先是个狠货，那么，你的无礼会被视为天真，粗暴会被当成强大，公众自觉把自己转化为受虐狂，被你虐得稀里哗啦还会为之叫好。

且移步去看看首富之子的微博，怎样的出言不逊，都能赢得万众喝彩。那些观众不是水军，也不是五毛，没有个好爹因此不够"狠"的他们，只是通过这样一种方式，完成一场关于"好爹"的意淫。

当然不是所有没有"好爹"的人都如此猥琐，有人选择拼学习。这个相对正能量，但像网上那种"你说你拼爹拼不过，你还不拼自己"的高论，还是一种后槽牙里透出来的狠劲儿。前两天高考，有不少学生家长很失态，也是根源于这种狠："我娃没个好爹，只能拼自己，要是还有人拦着，那就只能见佛灭佛。"我理解这样一种歇斯底里，它固然有愚蠢自私的成分，亦与眼下这个太让人抓狂的舆论环境有关。

焦虑四处蔓延，到每一个角落。古人说："女为悦己者容"，是多么浪漫又豪迈的一句话。但如今，变美，也成了一种凶狠的愿望。只要你好看，世界就鸟你。美貌是人工的还是天然的并不重要，有没有后遗症先不管，有情感作家说，男人只愿意和漂亮女人"滚床单"，不整容不变美就必然被这世界冷落。

没办法，那就只有狠狠美了。相似的思路产生了一些相似的脸，且看那些有整容嫌疑的小花旦们，总让人分不清谁是谁：眼睛全部非常大，下巴全部非常尖，鼻子全部非常高。只有这样，才能美得凌厉决绝，即便因为缺乏特色而容易撞脸，可是，特色这个东西，是有风险的，要是不能在第一时间里先声夺人，如何去艳压群芳？女星到整容医院指定同款，背后也有说不出的苦衷。

审美因此变得单调，无论是大街上，还是娱乐盛典上，那些"狠狠美"的人造容颜，是这个时代的人格化的脸。

我不由产生了怀旧之思，虽然我一直觉得怀旧是个伪命题，是生活在别处的另一种表述，但是翻李渔的《闲情偶寄》发现，即便连好色如他，最认同的，也不是那种完全倚仗着肌肤五官的"凶狠"之美。

史上好色之徒很多，李渔成为其中翘楚，不仅在于他热衷于蓄养姬妾，还在于他把自己这一私人爱好高度理论化了。在《闲情偶寄》中，他将"妇人"从肌肤到眉眼到梳妆打扮一一点评，女人像是他博古架上的器物，他的喜爱里，几乎没有感情成分。

按说这样一个技术派，他爱的，只会是女人的身体，与灵魂无关。但令人意外的是，在将美貌拆零了点评完之后，他居然特地用了一章，说女人的姿态。

他用的那个词并不好，叫做"媚态"，他认为，美貌不足以"移人"，媚态才能"移人"。就像"火之有焰，灯之有光，珠贝金银之有宝色，是无形之物，非有形之物也"。乍一看，他说的似乎是在现在也极其被推崇的女人味，看他举的例子才知道不尽然。

他举了两个例子，第一个说得很简单，就是有次帮人挑小妾，进来一堆姑娘，有的直愣愣地跟人对视，有人正相反，羞缩胆怯，千呼万唤也不敢抬头。独有一个女子，先是不抬头，被人强求抬头时，方抬起头来，眼光一瞬，似看人而非看人，看完又立即收回，这样收放自如，既懂得挑逗，又懂得欲擒故纵的姑娘，就有李渔所言的"媚态"。

匆匆说完这个故事，他说起另一个显然让他印象更为深刻的有"媚态"的女人。他有年春天出游，遇雨躲进一个亭子里，他看到许多女子，美丑不一，踉跄而至。其中一个缟衣贫妇，三十上下，别人都趋入亭子里躲雨，只有她徘徊在檐下，她看出里面已没有下脚地，不去做徒劳的争抢。

别人又都在抖搂衣服，担心湿透，唯有她听其自然，檐下始终有雨侵入，抖之无益。过了一会儿，雨似乎要停了，人们纷纷走出去，没多久雨又下起来，便又都回来了。只有这位妇女依旧站在亭子里，她算准了这场雨还没有结束，脸上却没有丝毫得意之色。见到别人的衣服湿得太厉害，她还帮人抖动衣服，李渔看在眼里，觉得她"姿态百出，竟若天集众丑，以形一人之媚也"。又说她"其养也，出之无心，其生也，亦非有意，皆天机之自起自伏也"。

你看，即使在一个纯粹的好色之徒眼中，美，也不完全是硬件的堆砌，不只是杏眼桃腮，粉白黛绿。李渔一生阅女甚多，这个女人，却是在他这本谈美的书里占篇幅最多的一位，多年之后，他忘记了一生遭遇过的诸多莺燕，却总也忘不了她素朴的容颜，知性、善意，在美貌与财富面前不见得就一钱不值，"滚床单"的欲望，也不见得就优越于这种不能忘记的敬意。

而我想象他笔下的这个女子，亦生出向往之心，当美人迟暮，众芳荒秽，妖娆的笑靥变得经不起推敲，这个不知来路的女人，她的风貌依旧从李渔的笔端呈现在世人面前。在嘈嘈切切的声浪中，在你追我赶的比拼中，想到她，会感到一丝清凉的安然。

我想起老作家刘斯奋说过的一个典故，说是在古代，有个南京小老板跟他的同伴说，他要快点收摊，好赶得上去雨花台看落日。我不想用文艺范儿这种词来形容这类人，他们给我的感觉，都像是一座房子，面积不大，装修简朴，但窗明几净，玻璃杯有清晨带露采下的玉兰和栀子，看得出，是被认真收拾对待的居处。

向平凡的生活致敬

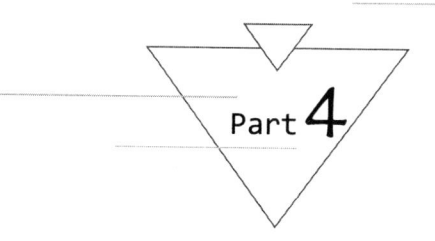

Part 4

李宗盛，凡人比超人更禁老

二十世纪九十年代初，第五代导演名动一时，在电影杂志上看到陈凯歌的《霸王别姬》获得好评如潮，苦苦期待了大半年之后，它终于翩然来到我们这皖北小城。

对于十八岁的我，这个电影有点闷，终于等到影片结束，斜着身子从座位里走出，忽听歌声破空而来："往事不要再提，人生已多风雨，纵然记忆抹不去，爱与恨都还在心里……"

我站在那里，憧憧人影从眼前闪过，于背影的缝隙看那字幕飞快闪动，我得知这首歌，是那个叫李宗盛的人写的。

这个名字，屡屡见诸盗版磁带附送的歌词单上，《我是一只小小鸟》《我终于失去了你》《爱要怎么说出口》《爱的代价》……他写过很多好歌，但都不曾像这首这样让我惊艳。

十七八岁的年纪，不知道当下的好，眼前场景，总要当成回忆看才觉动人。生活在别处，也在未来，到那时，我要有相爱、分离、诀别、追忆，要有风晨雨夕，要有长河落日，要有不胜感伤的流连，就像这首歌表达的这样——那时，我以为，爱情能把整个人生涵盖。

又去找李宗盛其他的歌，当时没有百度，好费劲才找到他一盒盗版磁带，叫做《凡人歌》。这名字我倒是喜欢，三毛不经常标榜自己是个凡人吗？在我们那个年龄，自称"凡人"的意思，恰恰是"我不是凡人"。我迫不及待地放到录音机里，差点没失望得哭出来。

曲调直白就不用说了，让我们来看看那歌词吧："你我皆凡人，生在人世间，终日奔波苦，一刻不得闲。既然不是仙，难免有杂念，道义放两旁，把利字摆中间。"这跟三毛嘴里的凡人可真是两码事——好吧，终于说到爱情了："多少男子汉，一怒为红颜？多少同林鸟，成了分飞燕？人生何其短，何必苦苦恋，爱人不见了，向谁去喊冤？"

我要听撕心裂肺，要听爱断情伤，要听情不知所起，一往而深，生者可以死，死者可以生，谁要看你嬉皮笑脸说这些，你怎么那么不严肃呢？

对了，在我们那个年龄，爱情和人生，都是特别严肃而郑重的事儿，是宏大主题，要永远悲伤，永远热泪盈眶。就算要举重若轻一下，也只能像周华健似的："再爱我吧，再爱我吧，难道你，真的那么傻？"幽默的背后，仍然是无限深情，李先生，你这一句"爱人不见了"，实在有点反高潮啊。

但一个了不起的音乐人他不怕冒犯你，他知道就算他冒犯了，你也不会放下。李宗盛这个人，起码在我心中是立体的了，我其实也隐隐明白，他比别人更诚实。

接着就听到他为林忆莲创作的那张《伤痕》。十几首歌，首首经典，但最不能让我忘记的还是那首《伤痕》："只是你现在，不得不承认，爱情有时是一种沉沦，让人失望的固然是爱情本身，但是不要因为你是女人。"

这冷静，完全不同于林忆莲此前那种"爱上一个不回家的人，面对一扇不开启的门"的呼喊。这张专辑的前言也实在："爱在人海里交集，顾不了伤痕的治郁或致郁，情歌总适时释放舒缓剂，让爱得以依偎在情歌的怀中，彻底宣泄。"

情歌不能治愈伤痕，只能让你躺在旋律里靠一靠，在遥远的1995年，李宗盛难得地不在专辑文案里煽情，不试图在第一时间，以眩惑的字眼，将听众打动。

他有那个自信。那一年，《伤痕》几乎在每一个女生宿舍里都被反复播放："为何要在临睡前留一盏灯，你若不说，我就不问。"善解人意的抚慰，远胜于其他歌手不怀好意的雪上加霜。在电视里，我看到被采访的李宗盛说，他的梦想，是世界排名前五的音乐人里，有一位华人。坐在电视机前，我几乎想对他喊出那句后来才知道的广告词："你能！"

那时，我20岁。世界还不完全是我们的，这样更好，我即将拥有一个更完整的世界。是从哪天起，世界已经变成我们的，但我已经感到边缘处的残缺了呢？80后凶猛而来，虽然还被前辈居高临下地俯视，但当卡拉OK厅的音箱里传出的旋律，一首比一首陌生，我知道，我们还没怎么年轻过，就要直面中年危机了。

同样不知道从什么时候起，我们爱过的那些歌手，不再露面，然后又一一出现，但我已不再是我，你也不再是你。那个深情款款的姜育恒，又在大陆的舞台上唱《再回首》。当年打动我的小沧桑，实在对不上他那张中年发福的脸。小清新风格的沧桑，只能在为赋新词强说愁的年龄来唱，若配上中年的颓相，那种违和感，真不是一点点。

其他的歌手，也强不到哪里去。娶妻生女的齐秦，没法再让我们相信他"是一匹来自北方的狼"；蓄发明志的周华健终于捯饬出一首《有没有一首歌让你想起我》，把他的名作全镶嵌在其中，押的是老听众的怀旧之情，听上几遍，便知道不过是首创作力贫乏的口水歌；那个情歌王子王杰，倒是一而再再而三地为情所伤，但实质总脱不开金钱与欺骗。高晓松是个明白人，他有句话话糙理不糙："我觉得中年人的爱情，很脏。"

这个脏，不能做龌龊解，是种风尘感。在岁月里辗转腾挪几多时，哪还有旧情歌里拼将一生休的激情饱满。你也许名牌在身，发型都到大牌店里打理，已经学会适度地喷点香水，看上去依旧意气风发，但你的灵魂却知道，它已经尘满面，鬓满霜，这时，还用"对你爱爱爱不完"来骗小姑娘，就算没人揭穿，你自己都觉得不好意思。

这或者是李宗盛还能卷土重来的原因。虽然他也为梁静茹、陈淑桦们打造过比较商业的歌，但稍有机会，他就会朝里面塞点私货。莫文蔚的那首《阴天》，唱的是一个大龄女青年的寂寞与温柔，但里面有几句歌词甚是触目惊心："男人大可不必百口莫辩，女人实在无须楚楚可怜。感情说穿了，一人挣脱的，一人去捡。"

你看看，李宗盛描述的爱情真相多么残忍客观，这是凡人的爱情，而大多数情歌唱的都是超人的爱情，其中的男女主们，才不会似这般喜新厌旧，顺从于人性的弱点。他们往往要么坚定勇敢，要么隐忍执着，宁可天下人负我，不可我负天下人，即便被人劈腿了，也会自我反省道："怎么忍心怪你犯了错，是我给你自由过了火"，他们的宽广胸怀吃苦耐劳精神远远高出普通人，总是说："一路上有你，苦一点也愿意。"

这倒不是歌手或者创作人存心欺骗，在我们年轻的时候，当我们有所爱，我们常常真的以为自己是个超人，可以无限付出，爱对方超过自己，为了让爱的花朵更璀璨，我们拼命低到尘埃里，谁拦着还跟谁急。

只有真正的明白人，才能明白自己，知道上面说的种种，未必出于爱，而是出于年轻时热爱的姿态。姿态总难长久，天性赢在最后，再优美的拿捏，到了后来都难以为继面目全非，那时，你只好哭着说："童话都是骗人的。"

李宗盛是难得的不"骗人"的歌手。他早就告诉我们，他是凡人，凡人没有超人闪亮，但他比超人经老，你无法想象中年的超人依旧内裤外穿，但一个凡人胡子拉碴的沧桑，却可以别有意味。

李宗盛2011年创作的《山丘》，就是迥异于那些为赋新词强说愁的沧桑的，胡子拉碴的沧桑。

一开始就说得直白："想说却还没说的，还很多，攒着是因为想写成歌，让人轻轻地唱着，淡淡地记着。"人到中年，倾诉欲不会再随时随地大爆发，总想攒起来做个大点的东西，但也并不执着："就算终于忘了，也值了。"

只是仍有期待："说不定我一生涓滴意念，侥幸汇成河，然后我俩各自一端望着大河弯弯，终于敢放胆嬉皮笑脸，面对人生的难。"大河弯弯，嬉皮笑脸，庄严与放松，构成这相映成趣的大场面。

可悲伤终于涌上来了："也许我们从未成熟，还没能晓得，就快要老了，尽管心里活着的还是那个年轻人。"

是谁说过，活着活着就老了，可是我们明明还没有怎么活过，生活没有开始呢，怎么就老了呢？你在微博上卖萌，在深夜里自怜，走在路上还是会忍不住踩着路牙子像练习平衡木，可是经过路边的车窗时，照一下自己的脸，看到的尽是眼角眉梢的中年。

"还未如愿见着不朽，就把自己先搞丢，越过山丘，才发现无人等候。"时不我予，在少年眼中，是励志用的好看字眼，活了半辈子，终于等到这每一个字都冰冷似铁。在梦觉的午夜，或是早早醒来的清晨，它们带着金属的腥味，贴近心脏，给你以致命的冰凉。

连中年人的恋情，也不是当年想象的那样，一个欲擒故纵地说："人生已经太匆匆，我好害怕总是泪眼蒙眬"，一个坚定执着地说："人生没有我并不会不同。"

哪有那么多的恒久相恋？最好也不过是像《给自己的歌》里的"想得而不可得，你奈人生何"。时间是贼，偷光你所有的选择。他唯一的执着，也许不过是想弄清原委，却被记忆无情嘲弄："旧爱的誓言像极了一个巴掌，每当你记起一句就挨一个耳光。"

若把爱人，换成梦想，依旧不伤这首歌的意境，这或者是有爱无爱的中年人都为之情动的原因："岁月你别催，该来的我不推。"我会学着成熟，试着接受自己的不再年轻，放下那些没有兑现的梦想，岁月请不要步步相逼，且待我挨过这一刻的仓皇。

这是凡人的皮实，凡人的哀恳，凡人的柔韧性，也是凡人生命中清晰真实的纹理。当人类用想象力打造出的爱情超人能量衰竭，纷纷沦陷，从一开始就将自己定位为凡人的李宗盛，却可以在中年的领域中寂静生长，安然老去，长成没有一丝欺瞒的自己。

难怪神仙们总想下界，仙女总是思凡，做一个凡人，没那么美没那么仙，却有着更为恒久的生命力，可以多被共鸣被深爱一段时间。

穷酸是一种境界

在微博上，有人放出一张名表的图片，围观的人都说"口水啊！""赞！""大爱！"。这其中，有我一向很信任的几个人，我想那一定是个好东西。于是我也很努力地看，看过来又看过去，上面没有钻石，也没有其他一望而知的高贵标志，倒跟我们小时候戴的电子表挂相，好吧，我知道这样埋汰一只名表是不对的，可是，真的，我实在看不出它比商场里那些几百块钱的表高明在哪里。

是不是它比一般的手表走得准一点，比如，一百年不用"上劲"或者换电池——吐出这种词我也觉得露怯，人家那么高贵的东西，一定都不是这些概念，管它是啥概念，反正我弄不懂，也不想弄懂那些概念。

我其实很高兴自己的"不懂"，很高兴我的品位如此廉价。你想，那样的一只表，少则几万元，多则几十万元，要花不少时间来挣，这些时间，我本来可以读书的，可以写点自己喜欢但是卖不掉的东西的，本来可以睡懒觉晒太阳的，总之是可以更直接取悦于自己，现在，却被设计师绑架了，用我的生命成本，完成他（她）的自我实现，我亏不亏啊。

不只是手表，对于一切奢侈品，我都保持着一种乡巴佬式的无知无畏。有句话叫"男人看表，女人看包"，我知道一只昂贵的包，一定大有可取之处，可是，我背的这个150块钱的包，不也挺美观大方的吗？而这只包，是我所有的包里最贵的一只。有时候，我背着买电脑时送的包招摇过市，里面生活用品有润唇膏，文化用品有中性笔，甚至还有一只很潮的电子书呢，我就觉得生活分外优裕。当然，这些廉价的包也时不时给我带来烦恼，过不了几个月，不是拉链坏了，就是内层脱线，硬币啊钥匙啊滑到夹层里去，我坚信LV、爱马仕什么的一定不会有这些问题，但是，坏了换一个就是，我就是半年换一个廉价包，一年也就300块钱，10年3000块，就算我再活五十年，也不过一只LV的价钱，说下大天来，我也不相信一只LV能用五十年。

说到这儿，我自己都觉得自己通身散发着穷酸之气，但毕竟是穷酸，不是穷困。穷困是可怕的，杜甫把儿子饿死的事写进诗里，隔了这么多年，我看了仍觉得难过，穷困像是大冬天穿单衣站在风口，一刻也难耐。穷酸则是有一件棉衣，只不过袖子不够长，或是在醒目的地方打了个补丁，只要你不在乎别人的眼光，就能自在。而所谓别人的眼光，多数时候是个伪概念，有几个人看你啊，即使他们看你，也绝不会像你以为的那么上心与专注。但是，很多时候，我们都以为别人看我们时，像我们自己一样目光如炬。

不惮于穷酸，甚至于乐于穷酸的人，突破了这么一种局限，我想象他们是悠游的，因为我们口口声声养家糊口，那么家其实没有那么难养，那个口，其实也没有那么难糊，我们辛辛苦苦劳心费神地工作，一多半是为了满足炫耀性消费。这个炫耀倒不只为名表名包，还包括，在亲友中有面子，把小孩送进重点学校，我们可能不会赤裸裸地跟人秀我们拥有的东西，但是，一个人在家暗爽，也是在心里设置了很多潜在的观众。

曾经听朋友说，在新华书店，有个乞丐长期出没，端着书，一看就是一天，很专心也很小心地看，翻书都是用指肚而不是手指。对于他来说，也许买书也是一种多余的，甚至带有炫耀性的消费，当我们辛辛苦苦地挣钱，买书，买比书昂贵得多的书架，比书架昂贵得更多的书房，以至于没有时间看书的时候，这个穷酸的乞丐，站在新华书店的落地窗前，免费的纸质书、免费的阳光，还有更加珍贵的，免费的空白而愉悦的心情，让他进行着自己圆满的阅读。

他最大化地使用了自己的生命成本，廉价而愉快地过着自己的日子，我已经成不了这种穷酸了，只能不可企及地艳羡着。

向平凡人的鬼迷心窍致敬

《月亮和六便士》这本书很多年前翻过，才翻了个开头就被大段说理挡住。前阵子逛书店，傅惟慈译的新书出现在手边，买回来从头细看，发现这是一部非常有趣的小说。

主人公思特里克兰德是伦敦的一个证券经纪人，中产之家，妻子贤惠，子女乖巧，过着广告里展示的那种生活，时而工作，时而度假，兢兢业业的小日子。

突然，有一天，毫无预兆地，他离家出走了，去了巴黎。人们都猜他搭上了新欢，描述出新欢应该有的面貌，他的弃妇托付作者去巴黎寻找他，作者勉为其难地去了那里，却发现，这位昔日的证券经纪人，摇身一变，成了一个画家，而在此前，他并没有进行过专业的训练，甚至没有显示出热爱绘画的端倪。

被改变的还有性情，从过去的忠厚老实索然乏味，突变为冷漠桀骜，当然，你能感觉到，起码在叙述者眼中，他比过去变得有魅力了。这或者也是叙述者开始长期追踪他的音讯的原因,而他,每一次都不让作者以及我们这些读者失望。

我们看到他身处窘境而怡然自得,看到他衣褐怀玉孤芳自赏,看到他长途奔袭寻找心灵的栖息地,最后,在一个遥远的丛林茂密的岛屿,在一个土著女子的怀抱里,他安妥了自己的灵魂。

作者富有感情地描述了他的归依之地:"头顶上是蔚蓝的天空,四围一片郁郁苍苍的树木。那里是观赏不尽的色彩,芬芳馥郁的香气,荫翳凉爽的空气。这个人世乐园是无法用言语形容的。他就住在那里,不关心世界上的事,世界也把他完全遗忘……"

自然景观已经没话说,更迷人的,是作者这句旁白:"这里的夜这么美,你的灵魂好像都无法忍受肉体的桎梏了。你感觉到你的灵魂随时都可能飘升到缥缈的空际,死神的面貌就像你亲爱的朋友那样熟悉。"

丛林、花香、寂静,随手可以抓一把的灵魂,以及随时可以劈面相逢的死神,这不就是创作者寻觅的天堂吗?难怪画家最后画出了不朽之作,他又一不做二不休地将其付之一炬,不过,读者万万不必有什么遗憾,不能看到的,才是最美的,何况画家另外留下了很多杰作让我们一叶知秋。

复述到这里,怎么像个特别美好的白日梦呢?即使画家最后眼瞎了,得麻风病死了，也还是死在路上，死得孤独又豪迈，不可能有更好的死法。

正是这种圆满，使得我狐疑不断，画家离家出走之后，与过去决裂到无一丝粘连，就像《少年派的奇幻漂流》里那只老虎，连回回头的欲望都没有，似乎不太符合人性，而更像是作者意念里诞生出来的人偶。与其说作者想描述这样一个人，不如说他想传达一种思想：勇敢地将庸碌生涯一脚踢开吧，去做一个勇敢的人，活出一个伟大的自己。

啊，那就不要再嘲笑那些辞职去西藏的小伙伴们了，该画家真是那些前仆后继地行走在西藏路上的人的鼻祖。他们中间也有画家有诗人，有虽然不是画家诗人但追求诗意生活的人，他们的追求，对他们自己而言，不见得比这位思特里克兰德更没有意义。

无论是《月亮和六便士》，还是那些辞职去西藏的小资文都告诉我们，要把自己活爽、活高兴，最重要的是活出斜睨众生的高级姿态，都必须鬼迷心窍，说走就走。即便有点不合常情，有点损人不利己都没关系，不这样，都不能说明你已经踢开了那个太多计较盘算的自己。

这样的理念并不只为毛姆和西藏浪游者所有，在许多文学作品里，我们都能看到类似的表述。

比如茨威格那篇《一个女人一生中的24小时》，可以视作这篇小说的姊妹篇。让男人鬼迷心窍的是事业——这个事业不可以做狭义理解，让女人鬼迷心窍的则是爱情。和《月亮与六便士》的主人公一样，《一个女人一生中的 24 小时》的主人公 C 太太也身处中产阶层，这是一个最为稳定的阶层，比贵族低调，比底层稳妥，他们一般也会小心地保持着这个阶层的风范，避开各种失礼失态。

然而，可怜的 C 太太，在丈夫去世之后偶尔逛赌场解闷时，迷上了一双富有感情的神经质的手。这是一个赌徒的手："一只右手一只左手，像两匹暴戾的猛兽互相扭缠，在疯狂的对搏中你揪我压，使得指节间发出轧碎核桃一般的脆声。那两只手美丽得少见，秀窄修长，却又丰润白皙，指甲放着青光，甲尖柔圆而带珠泽。那晚上我一直盯着这双手——这双超群出众得简直可以说是世间唯一的手，的确令我痴痴发怔了——尤其使我惊骇不已的是手上所表现的激情，是那种狂热的感情，那样抽搐痉挛的互相扭结彼此纠缠。我一见就意识到，这儿有一个情感充沛的人，正把自己的全部激情一齐驱上手指，免得留存体内胀裂了心胸。"

这双手属于一个正赌到迷乱的年轻人，值得注意的是，变成这样一个人，对于他，也是"一次说走就走的旅行"。"他出生于一个奥国籍波兰贵族家庭，一直在维也纳求学，准备将来进外交界服务。"他通过了初考，而且成绩优异，他的一位叔叔为了奖励他，带他去市郊游乐区赛马场开眼界。"叔父赌运亨通，接连赢了三回"。

他尝到了赌博的甜头，生活就此逆转，从一个前途无量的准外交官变成一个自甘堕落的赌徒，可是，如果不是这种转变，他如何展现他那狂暴的迷人的激情，怎么会以 24 小时影响一个女人的一生？

　　这个女人迷上了他，为他做了很多疯狂的事，这使她又兴奋，又羞愧，当她最终回归到正常的环境中时，她竟然无法面对自己，她背负着这个精神包袱度过了大半生。

　　作者肯定了她的行为，不但肯定她，还通过各种方式，肯定了包括赌徒在内的许多人的疯狂，茨威格把那种疯狂描述得极富魅力，同循规蹈矩的庸众形成鲜明对比。这一点，毛姆可以和他私下里握握手，在《月亮与六便士》里，同样是不魔疯不成活，不魔疯很可耻。

　　我们的常理是，赌博是可悲的，抛妻弃子是可恶的，和陌生男人私奔是可耻的，如果这些人出现在社会新闻里，一定会被劈头盖脸地辱骂，可是在小说里，我们被说服了，似乎，那些作者巧舌如簧的描述，在某个不易察觉的节点上将我们打动，如果我们愿意做更多一点回顾，会发现，阅读的时候，我们常常毫不犹豫地选择和生活中的评判截然相反的方向。

　　比如《西厢记》，小红、莺莺和张生都是正面角色，而老夫人不说是反角吧，起码也是个灰色形象。然而，如果你用理性的眼光打量一下，张生和莺莺急急奔赴的所在，很可能是生活设下的陷阱，初夜之后，张生先去看他备下的那方手帕："春罗原莹白，早见红香点嫩色"，情种如他，也很在乎莺莺是不是处女，若是生活有变，他们不能终成眷侣，焉知莺莺的下一个男人，会不会像他这样郑重地在新房中备下一方白手帕。

但人们还是赞美他们的勇敢，以及小红智勇双全的穿针引线，而《红楼梦》里，保守的袭人怕宝玉和黛玉之间弄出"丑闻"，让王夫人变个法子把宝玉搬出大观园，真是一片赤诚之意，却被后世读者骂得狗血喷头。

文学作品里的评判标准就是这样总和生活背道而驰，陶渊明的诗里写"草盛禾苗稀"，就显得非常浪漫，有一种就是要和现实对着干的快意。虽然说，你看不出这里面有什么好处，但有时候，没好处就是最大的好处，它意味着，我们终于可以与这个步步为营的世界分道扬镳，按照自己的心意，不计其余地活一把。

这种现象，我称之为"白蛇现象"。

这个白蛇，是《白蛇传》里的白蛇，最初出自《警世通言》里的《白娘子永镇雷峰塔》，那里面的白蛇，可谓来者不善。

她跟许宣（许仙在《警世通言》里的名字）初相见，就害得他吃了官司，与他同居不久，就被道士窥见他头上有一股黑气。各种迹象证明，白蛇的存在之于许宣凶多吉少，他对此也心知肚明，却一次次地不能拒绝她。这个故事的最后，还是她赢了法海。

我想这是因为，白蛇代表欲望，法海代表理性，许仙代表生活中的普通人。活在平凡世间，时刻被理性束缚，让人怎能不觉得白蛇是可爱的？即便她对生命有所危害。但那危险也是甜的，很刺激的一种甜，刀尖上舔蜜的快感。

你想跟她走，你想甩掉那个拉拉扯扯的法海，但你又不敢这样做，你知道这一辈子太长，长得来得及让你将后果全部承担。

幸好有文学，它可以帮你做做白日梦，"梦中惯得无拘检，又踏杨花过谢桥"，你放下各种顾忌，各种现实考量，一门心思朝向心中的热望。你知道，反正这只是梦一场。进去了还可以出来，害怕了就随时叫停，不妨做得再泼辣一些，写得再畅快一点，供自己意淫，给围观者望梅止渴。

这或者就是毛姆笔下的人物，第一次这样不像真人的原因，他爱这个梦太多，爱白蛇样的诱惑太多，他老想帮她说话，这就超出了一个作家的本分。他不能够再以刀锋般的真实描述生活，虽然我也知道，大师的生活别具一格，但也不是他笔下那种，类似于西藏浪游者的想象，众多的毒舌金句，也遮掩不了作者过于昭显的热望。

但假花常常比真花漂亮，虚构出来的流浪记，比真实的漂泊更动人，作家放一个梦想模板在那里，让读者觉得生活还有指望，总比时刻冷峻发问讨喜。没错，前者属于白蛇那一路，后者则是法海的范畴。

俗气的歌

许多年前，我去某个江南小镇，下了渡船，改坐中巴，中巴上收钱的女人有一张短而宽的脸，塌鼻梁，厚嘴唇，一头乱糟糟的黄头发，没有风也在起舞，不怒也可以"冲冠"，天色已向晚，她却很诡异地戴着一副镜片上贴了标签的墨镜。

这个女人一直站在车门口，系着腰包，大有一夫当关万夫莫开之势，当有人问她为何车子兜了一圈又一圈时，她凶得简直要吃人。那时我年轻气盛，还不懂得玩味粗蛮的事物，见这样一个女人，反感油然而生，却又不能怎么样，只在心里默默地鄙视着。

等到车厢内被压缩得近乎真空时，中巴车终于朝大家期望的方向驰去，车窗外是迥异的江南风光，风也起来了，从窗子里吹进来，在身体与身体之间寻找缝隙。那个女人坐在靠近车门处，横宽的脸朝着窗外，忽然，她轻轻地哼起歌来，是那首一度唱烂大街的《潮湿的心》。

这首歌是我心中的一个标尺，在KTV里，凡点这首歌的女人，和会点《北国风光》的男人一样，立即被我归纳为另一类。然而，那个傍晚，那个戴着墨镜的粗蛮女人，对着车窗，用并不靠谱的嗓子哼唱这首歌时，我竟然被她打动了。

也许，再粗鄙的女人心中，都有一颗"潮湿的心"，都有一个会为情所伤的自己，当她们哪怕以矫情的姿态呈现出这一面时，我总是心存同情与怜惜。

会想那背后的细节，这个女人，她以什么样的神情与言辞去挑逗、迎合、招惹，当她的爱碰了壁沉了底，她又会如何应对？

上驾校的时候，很讨厌驾校的教练，他倒不是特别凶，有时近乎温和，但一转脸就会露出特别功利的表情，他的温和，不是修养，是他随时扯过来的面具。但这也不足以生厌，最要命的是，他看上了车上的一个小姑娘，成天跟她打情骂俏不止，小姑娘私下里告诉我，他经常半夜给她发短信。

小姑娘长得很漂亮，工作单位也好，她跟我说过，她想找个公务员，自然看不上那位教练，只是闲着也是闲着，随口敷衍他罢了。于是，许多时候，我坐在后座，就见前面两个人，你拍我一下，我打你一下，我转头看窗外，当自己是透明。

应该说,教练对小姑娘动了真心,那阵子,他下班就去逛商场,说是添置了两千多的衣物,一个月的工资花出去了。但他大概也明白,那小姑娘不过是逢场作戏,所以,有些时候,他会突然情绪低落,对学员的态度,也越发地坏。

有一天下午,他坐在车上,摆弄他才买来的车载 MP3,他请店老板帮他下了一些歌,整整一下午,所有的学员,都被迫听那些歌循环播放。那都是些什么歌呢?《没有钱你会爱我吗?》《做我的老婆好不好》《老婆老婆我爱你》……我曾经在公交车的车载电视上听到过,每次听到都觉得俗不可耐,可是,那天下午,我在这些歌里,听出一个底层男子的爱与野心,他徒劳的可笑的努力,可是那徒劳与可笑加在一起并不让我轻视,真实的感情有什么好轻视的呢?哪怕它是粗糙的,哪怕它含有杂质,也有它自己的一种力量。

我知道这世上有许多歌被定义为低俗,比如刀郎的歌,比如凤凰传奇。刀郎我是喜欢的,《第一场雪》不用说了,流氓无产者的爱情,除了爱情一无所有,因而彻底。适合冬天,适合乌鲁木齐,适合冬天滞留在乌鲁木齐的异乡恋人。《冲动的惩罚》也好,虽是在装傻,但装得很天真,而且装着装着,就把真情带出来了,"如果你知道我喝了多少杯,你就知道你有多么美",是胡扯,还有点语无伦次,有点像耍赖了,但那种轻度失态,也许就会让对方的心,突然不可理喻地动一下。

凤凰传奇系列,我现在还没有找到喜欢它们的通道,但我不再像年轻时那样，随便地轻视什么，我相信世上的种种，大都可以找到爱的理由，尽管，它们可能没那么"高级"，不像奢侈品广告里那么主流，它们肤浅、流气、庸俗，有时还带有一点点谄媚，但是，生活的美妙，就在于那么一种神出鬼没，在一个猝不及防的时刻，让你，被你曾轻视，或者，起码漠视过的东西打动。

世间的糖

她是最早出现在我记忆里的人,但我并不记得她的模样,只记得她两只手,轮番挤压着一块裹在纱布里的褐色物质。那是糖。土法制造的糖。

我们家乡并不产甘蔗甜菜之类,看那色泽,原料许是本地盛产的红薯,这不重要,重要的是,在她双手轮番的搓揉挤压中,那褐色物质,越来越柔韧,像一颗琥珀,被时间与力量赋予光泽,我甚至感到,它越来越甜,我嘴里泛出它可能的味道。

那双手停了下来,它们的主人笑看着我,问我可想进屋吃糖。她洗了手,把我领进屋,给了我一把糖,我记不大清是芝麻的还是花生的,她又给我沏了一碗糖水,让我坐下来,慢慢喝。这全过程中,和我同来的几个孩子就站在门口眼巴巴地看着,她再三挥手,他们依旧不肯散去,有的干脆在门槛上坐下来。

她问我几岁了,问我父亲叫什么名字,问我家住哪里,问我奶奶可跟我们住在一起。我逐一回答,每回答一句,她就呵呵地笑起来,这让我暗暗不爽,那时我已有了自尊,却不知道,大人的笑其实是一种赞赏。我喝完那碗糖水,就跑掉了。

那是年节下,孩子们满村子串,跨过一个个门槛讨糖吃。每家都会准备些"小糖",一种硬糖,是当地代销店出售的唯一的零食,包装与味道都很简陋。一天跑下来,我们能装满口袋的"小糖",私家手做的花生或芝麻糖倒是很少见。

那天晚上,吹灯之前,我告诉我姥姥,小波的奶奶叫我进屋吃糖呢。我姥姥严肃起来,说,她还说啥啦?我说,没。我姥姥说,以后不许吃她给的东西,她家东西有毒。

我被姥姥的话吓住了,仔细回忆小波奶奶的样子,想在她的笑容里,搜寻狼外婆式的阴险,但毫无所获,倒是我姥姥在煤油灯下晃动的面容,更加可怕一点。

我怀疑这件事给我留下了后遗症,后来的许多年里,我都无法完全相信什么人,有段时间我住在姨姥姥家,她每天给我煮绿豆汤,不知是不是品种原因,那绿豆汤老泛着点苦味儿,我就怀疑姨姥姥是不是下毒了,每天都很戏剧性地等毒性发作,担心自己来不及说出真相。

那毒到底没有发作,我因此有机会在很多年之后,了解我姥姥为什么要那么说。小波的奶奶不是别人,正是我妈妈的奶奶,按吾乡习惯,我应该称之为老太。只是自从我姥姥和我姥爷离了婚,她们多年不复来往。

清官难断家务事,其间是非,外人很难知晓。我单知道,我姥姥固然不好惹,她这个婆婆,也是个厉害角色,我们恢复走动时,她已经九十高龄,儿孙都已去世了好几个,她仍然耳不聋眼不花,武能种麦子点蚕豆,文能看得懂《三国演义》这样的电视剧。

智商是生产力,也是战斗力,可想而知,在我十八岁的姥姥嫁过来之后,她们这婆媳之间,必有几番恶斗。我只听说过一个细节。有次,老太太认为我姥姥对自己丈夫太无礼,就把她叫过来,语重心长地说,男人是秤砣,虽小压千斤呢。我姥姥当时没说话,晚上跟我姥爷几句话说得不对脾气,一脚把他踹下床。老太太在隔壁听见咣当一声,问怎么了,我姥姥高声答,没啥,秤砣掉地上了。

我姥姥不到二十岁时做了单亲妈妈,我妈五个月。我爸说那时婚姻法刚刚颁布,政府不但鼓励自由结婚也鼓励自由离婚,离婚这种事儿,哪经得起鼓励啊,机关里顿时掀起离婚潮,我姥姥姥爷也是赶时髦。

我姥姥那里则是另一版本,矛头直指这位前婆婆,离婚前的例子她没有举出太多,离婚之后,由于我姥姥离婚不离家,在隔壁得了两间小房,她们的婆媳大战又轰轰烈烈地延续了十几年,甚至祸及下一代。

我妈这大半生吃了很多苦,但她从不自怜,只是偶尔会说起,小时候,在乡村打麦的"场地"里,她落了单,被几个叔叔围着骂。她蹲在中间,不敢说话,也不敢哭,她爹来了,把兄弟们骂走,叹口气,把她领回家。许多年之后,我妈有点心疼那时的自己。

我姥爷是老大,这几个叔叔,并不比我妈大多少,他们对我妈的敌意,来自于他们自己的母亲。按照我爸的说法,我妈是被我姥姥的坏脾气连累的。但不管怎样,这位老太,着实对自己的亲孙女不够意思。

更不够意思的事,发生在我妈二十岁那年,大队好容易来了几个招工指标,城市里的纺织厂,极苦极累,但能跳出农门,乡村女孩趋之若鹜。我姥姥早早跟负责招工的人打了招呼,要给我妈留个指标。这事儿眼看就成了,不承想,半路杀出个程咬金,有人跑去找公社书记施压,说那招工名额给谁,也不能给我妈,这个人,是我妈她奶奶。

我姥爷当时在隔壁公社当书记,我妈他们家所在的这位书记就犯了难,不知道是听同僚前妻的话,照顾同僚的女儿呢,还是听同僚他妈的话,压制同僚的女儿。最后,他找人给我姥姥带了个话,让我姥姥去公社闹,用凤姐的话,"闹得大家没脸",他装作为难,也就把指标给我妈了。

这个办法起了作用,我妈离开家乡,来到城市,我也因此获得来到这世上的可能。

不消说，我对这位老太，是没有好感的。即使她给我吃了糖，那糖里没有毒，我也不觉得其中就有什么善心。我姥姥说得一针见血：那是因为她看你妈嫁了个军官，不知道你爸将来有多大前程呢。嗯，我也觉得，一定是这样。

偶尔在我姥爷家见到她，我淡淡地问好，她客气回应，没有意外的话，她应该永远是我人生的局外人了。

但意外还是发生了，在我外出读书归来的某个寒假，我吃惊地发现，这位老太，居然要在我们家过年，把她接来的，不是别人，正是和她宿怨笃深的我姥姥。

这这，是几时，孟光接了梁鸿案？好吧，这样问太轻薄，换个说法，您两位竟也能相逢一笑泯恩仇？

这种创意，只有我姥姥才能想得出来。

我稍大一点时，我姥姥也离开了那个村庄，一去十几年，有一天，忽有当地干部打电话来，说是可以分给我姥姥一块宅基地，有三分呢，要她回去办手续。我姥姥也很多年没见过去的老邻居老伙伴了，对这趟返乡之旅十分期待。

她坐长途车到县城，又坐一种吾乡称作"小蹦蹦"的机动三轮车来到镇上，之后，她徒步五公里来到了村口。在村口的窄路上，她遇到了我的老太，她的前婆婆，隔着暮色，她们对望了一眼，擦肩而过。

我姥姥来到当年的一位好友家坐下来，一碗茶还没喝掉，老太的孙子，奉了他奶奶的命，请我姥姥家去。

我姥姥就去了。接下来的情形，倒不需要着重描述，上了年纪的人，一个对视，就能消解掉几十年的芥蒂。我姥姥说，在老太那间低矮昏暗的小屋里，她们像两个老鬼一样，聊了一整夜。

我姥姥这人没什么文化，但她有些用词很精妙。比如，她说她们像"老鬼"，一下子就勾画出她们相对时那气氛。是啊，她们都那么老了，老得就快要变成鬼，迫在眉睫的死亡，将她们变成同盟，相形之下，经年恩怨，就像外墙上的风雨留痛，虽然总在那里，却可以忽略不计了。

我姥姥在她的前婆婆那里住了一个星期，办完了事儿，又邀她去我们家过年。我妈对她奶奶很恭敬，这位老太，也像一个慈祥的长辈那样，话不多，总是微笑，偶尔说几句话，有老人家的一种威仪，我们彼此都是有距离感的，除了我姥姥。

我没法对你说我姥姥那个春节有多高兴，活到她这份上，所有的久别重逢，都是失而复得。她废寝忘食地跟老太说话，她们之间，有一大段过去可以聊，又有一大堆空缺的光阴需要彼此补充，相似的背景，相近的年纪，最主要的是，相同的处境，使得她俩如同知己，倾心吐胆，应该是有苦意的，但苦里又有丝丝的甜，由纠缠不清的恩怨酿成。

时间真是有牙齿的，同时，它还有一个非常强大的胃，怎样的恩怨情仇，它都能一口吞下，嚼成渣，然后，完完全全地消化。

一晃又是二十年过去了。老太在九十七岁那年去世，我们原本以为她能活一百岁，还说到时候大家一道给她庆祝，她的子孙、重孙加起来有一百多口人呢，大多我都没见过。我姥姥还活着，这中间，我姥爷、姥爷后面两任妻子相继去世，没有了故人、也没有了仇人的我姥姥，不免有些寂寞。她坐在正午的阳光下打瞌睡，有时会突然间发出一串咒骂，睁开眼，看见她不熟悉的光天化日，脸上，是孩童般的愣怔与无助。

她像一只老狮子，被她的同类抛弃了，现实世界依旧人声鼎沸，可是，她插不进去嘴。

所以这个春节，我还是准备回家去，路上车很多，没有暖气的小城很冷，我姥姥年事已高，有时都分不太清谁是谁，世界在她眼里，大概只是一团模糊影像。但我回去，带着我的儿子，她会觉得，那模糊影像还是挺热闹的，那一点点热闹，或者能稍稍搅乱她心中岁不我予的清冷，成苦涩之外的一点甜意。

她的日子，楚楚动人

听到林姥去世的消息，我有点惆怅，这个最会过日子的人，抛下她的日子，离开了。

她的会过日子，不是通常所指的精打细算，而是一种技术与艺术的混合，一种螺蛳壳里做道场般的精益求精，说得再世俗一点吧，她能用五百块钱，过出五千块钱的生活质量，这对于总是恰恰相反的我，太有吸引力了。

少年时候，几乎每一个寒暑假，我都要到林姥家住几天。她人淡淡的，但对我还好，主要体现在，我在那里的日子，她总是带我一道去买菜。

她一路牵着我的手，遇见熟人，就跟人介绍："这是老大家丫头。"对方也忙亲切地寒暄几句，习以为常的，掩饰掉那种不合时宜的心知肚明。

我觉得她挺喜欢把我介绍给别人的，她淡淡的口气里，有着淡淡的得意。

当时的 S 县只有一条大街，铺着青石条，露水把它们濡湿，穿着塑料凉鞋走在上面，需要稍微当心一点。路边衙门高高的围墙下，有老汉愁眉苦脸地蹲在那里，篮子里是微乎其微的几小捆蔬菜，这场景像一个预告，提示，真正的菜市就在前方。

那是一条纵深的小巷，两溜菜摊一摆更显得拥挤，天光尚早，还没怎么上人，菜贩子们忙着安营扎寨，如同即将沸腾的水锅，翻腾得很细碎。

林姥从第一家开始打招呼，她能喊出每一个菜贩子的姓，再根据对方年龄性别加上合适的后缀。对方大都满面笑容，跟她推荐自家最为新鲜的菜品。有入她眼的，她便拣起，称好，付钱，却并不拿走，两手空空地走到下一家。

肉摊在菜市最里面，摊子前早就围了一大堆人，肉贩子满脸横肉，老远冲着林姥喊一声"俺姨"，将一块粉嫩的猪肉，从里三层外三层的人缝里递出来，林姥按他的报价把钱递过去，在众人艳羡的目光中转身离开。

归途中，她将刚才买的菜一一拣入篮子里，呼应了起初布下的草蛇灰线。我这才明白她刚才为何空手而行，这样做不但更省力，还透出一种松弛的默契，一种排他性的善意，一种天长日久经营出的信任与相知，买菜这件家常之事里，瞬时透出人世间的绵绵情致。

我不知道她是怎么想出来，又是怎么做到的，却不得不承认，即使在买菜这种小事上，她都比普通妇女技高一筹。

除了会买，她还会做。我嗜辣，她就把青椒的内瓤掏出来，填入鲜嫩的地锅豆腐，上锅蒸。当雾气丝丝缕缕地溢出，青椒和豆腐不同的鲜香勾兑到一起，形成新鲜的嗅觉体验。待青椒出盘，稍稍冷却一会儿，一大口咬下去，鲜香辣之外，植物性的韧，与豆制品的柔，在舌尖形成不同的质感区间，是非常丰富的口舌享受。

她记得每一个人爱吃什么，即使饭桌上没几个菜，也会让你有丰盛之感。

仅仅是这样，还不足以让我敬仰，厨师也能做出美味佳肴，烹饪，不过是她诸多过日子的技能里的一个有机部分，让我叹为观止的，是她在收纳整理方面的杰出技能。

她的家，总是窗明几净，一尘不染，不算太大的空间，却有宽敞乃至空旷之感。我想应该是两个原因，一是他们家的桌子、柜子、箱子上，都不怎么放东西，零碎物件都被好好地收纳到合适的地方；第二则是，他们家不像大多数人家，会堆积许多弃之不舍的换代产品。

他们家的东西，一件就是一件，一用就是很多年。比如那两只人造革的单人沙发，我二十多年前就见它们在那里，普普通通，二十多年过去了，它们驻守原处，年年相见，并不见老，倒比别人家那些急吼吼的新家伙，多了点安详；还有床头那台电视机，十二寸，黑白的，据说比我也年轻不了多少，但由于保养得当，并不显得颓唐，就算是在使用时，黑白分明的屏幕，也似有一种故意做旧般的艺术感。

而那张已经开缝的八仙桌，铺了一张玻璃板，摆着应季水果，春天是枇杷，夏天有葡萄，秋天是石榴和柿子，冬天里中原小城没啥水果了，就摆上一盘洗得干干净净带着缨子的脆萝卜。上青下白红缨子的萝卜，影影绰绰地映在擦出了通透感的玻璃桌面上，像一幅极富透视感的水彩画。

也有点心，在一个绘着托腮小女孩图案的铁皮饼干桶里，她拿给我时，说是她去那点心作坊看过了，确定他们家很卫生才买的。她的这种洁癖也给我姥爷带来了小小的困扰，他都没法在外面吃饭了，路过饭店厨房时总是皱着眉头，有次坐长途车，路过的小店实在没法下脚，他只好买了两个白煮蛋，在路边蹲着剥开吃了。

但还是受益更多，比如说，我姥爷喜欢吃鱼，林姥和他结婚之后，就另外备了一只水缸，永远养着几条随时待命（等待送命）的活鱼；我姥爷"好"（这个字读四声）朋友，经常带三朋四友回家，最困难的日子里，林姥也能整出几个下酒菜，任他们喝得东倒西歪也无怨言。

在亲戚朋友面前，林姥从来都是轻声细语，给足了我姥爷面子，不像她的前任，也就是我姥姥那样，动辄就河东狮吼。

我这样自暴长辈家丑是不是不太好？其实我那脾气暴躁的姥姥刀子嘴，豆腐心，一肚子热心肠。新中国成立之前，在她的力劝下，我姥爷加入了民兵团，他作为当地的"革命元老"，步步高升。1950年，共和国第一部婚姻法颁布，政府鼓励自由结婚的同时，也不反对自由离婚，机关里兴起离婚潮，加上我姥姥原本就性格强悍，我姥爷趁那个机会，金蝉脱壳。

离婚不久，我姥爷再娶，新人是志同道合的女干部，生了两个儿子，在众人眼中，活得不能再成功了。

也许就是这春风得意，使得这位继任者，我称之为施姥姥的，口无遮拦。1957年，上头要大家给党提意见，施姥姥针对她的顶头领导，大大地吐了一次槽，领导笑得很和蔼，然后施姥姥被打成右派，下放到养猪场养猪。组织上力劝刚刚调入公安局的我姥爷离婚，并且很负责任地给他安排了新的婚姻。

几年后，平反放还，工作还是她的，男人已经不是她的了。重新恢复神勇的施姥姥，不肯善罢甘休，二话不说把县委的牌子砸了，要求"把我的破男人还给我"，申诉未果又跑到北京上访，竟然求得一位我至今犹觉如雷贯耳的国家领导人在申诉书上签字，要求"省地县三级机构核查处理"。

县领导不敢怠慢，但到底是人家的家务事，他找来我姥爷和林姥谈话，在我姥爷开口之前，林姥先淡定地退后一步，说："这事儿，我听老姜的，他的一切决定，我都接受。"

如果你是男人，你会选谁？林姥以退为进赢得了胜利，但她并没有从此过上幸福的生活。

我妈说，一开始，林姥对她也很好，但我姥姥经常上门去闹，她渐渐冷了心，我妈再去，就拉下脸，进了卧室，把门一关。许多年后，我妈完全能够理解林姥作为继母的不易，但施姥姥所生的舅舅不理解。那个除夕，下放归来的他去看父亲，我姥爷极其冷漠，舅舅愤然摔门而去，想要跳河，被邻居劝下，多年来，他和姥爷一家不来往；另一位舅舅倒是跟家里还走动着，但是，有一次，他仿佛不经意间说起，小时候，施姥姥被送去改造，他父亲有了新的家庭，他跟着他奶奶过，受尽族人欺凌，他只敢夜里偷偷地哭，泪水顺着脸颊流入耳朵里，发了炎，到现在听声音都不太清楚……

而我姥爷说起那些年，就是觉得烦，他说被闹得受不了时，他曾想丢下这一大家子报名去新疆支边。那时穷啊，他说，那么多张嘴围着他。因了我姥姥他们经常去他们单位闹腾，他的升迁之路结束得很早。好在，那一切终于过去了，他现在每天吃过饭，能打上半天麻将，他觉得这辈子也就这样了。

在林姥苦心经营的美丽时日之外,生活原是这样千疮百孔,我不知道她有没有想过这些,是否也曾黯然神伤?我唯一知道的是,即使那样忙碌操劳,她依旧是寂寞的,寂寞到有时会跟我这样一个毫无血缘关系的晚辈,谈谈她年轻时候。

她是真正的大家闺秀,到她的父辈,家中还有良田近百顷,因为做人低调,受到的冲击有限,当县卫生局到学校招几个女孩子送到卫校培训以填充县医院力量时,她也顺利地被推荐。

她珍惜这个机会,卫校离她家远,每天她都早早出门,天还没亮,她拎着一盏马灯出门,经过街巷的拐角时总是战战兢兢,听到身后的脚步声,想看又不敢回头看。

跟我说起这些时,她的脸上重现了彼时彼地的紧张,以及在这紧张之上绽开的期望。她期望着通过这一步一步走过的暗路,到达鲜花盛开的明天,她期望未来的日子,能够皎洁如明月。那时,她应该是相信自己的努力能够赢过命运吧?也许,每一个女孩,都曾像她那样,在人生展开之前,又紧张又饱含希望地握紧双拳。

张爱玲引用过一句话,"洗手净指甲,做鞋泥里踏",说是觉得无限惨伤。看前一句,何其郑重,水荡漾在铜盆里,又细细剔净指甲,雪白的线,从银针里穿过,一针一线间,都是对于生活的情意。而下句却是这样粗暴,泥里水里踩过,有谁还会在乎那每一个曾被斟酌过的针脚?

用这句话形容林姥的一生，很合适。只是，命运对于林姥是这样，又对谁不是这样？不过因了她一生的努力与坚持，那种反差来得更为鲜明。

但换个思路想，她也是这样打败了她的命运，不管它分给她的人生是怎样喧嚣而寂寞，她都将它变成一个个庄重而有美感的时日。天大地大，说到底都没有过日子大，她那些精益求精的小日子，是她小小的后庭，用一个个楚楚动人的晨夕，帮她滤去前院的喧嚣，从这个角度来说，她与命运的对峙中，也不算甘拜下风。

这世界，他来过

我的大舅姥爷，我妈妈的大舅，不久前去世了，享年八十四岁，他的一生，就像一个标本，每一小节，都密密麻麻地烙着时代的印记。

他去世的前几天我去看他，他刚结束了半个月的昏迷，可以喂下点流质的食物，但双眼紧闭，面色枯槁——这两个字造得好，都是木字旁，从被子里露出的那张脸，确实有一种枯木的质地和色泽，纵横的纹理，仿佛是木雕大师的别具匠心。只是在我们告辞时，他眼角滚出的一滴泪，证明他还活着。

人活到最后，只剩下活着，但有人是将富贵贫贱幸福磨难都经过，我的大舅姥爷呢，他这一生，幸福占比太小，他受的磨难，似乎比他这一生都长。

大舅姥爷年轻时有个外号叫"细腰"，一个男人叫这么个外号挺奇怪，村里人就叫我看："你看你舅姥爷腰多细。"我坐得远远的，透亮看正挑着水桶走过来的舅姥爷，他肩膀宽宽，线条凌厉地直下，正是如今所言的"倒三角",农村人不谈审美,只说他一看就是个庄稼把式。他干起农活的确又灵巧又舍得出力,还会得一手好厨艺,谁家办红白喜事都请他去做饭。这么个人,却打了一辈子光棍,在当时倒也不稀奇,一个破落地主出身,能抵消掉他全部的好处。

他祖上有些田地,到他父亲手上,据说还有几十亩,但都是些薄田,好点的都被他父亲赌博输光了。他母亲去世早,父亲总是在年前把那点地租输掉,年后青黄不接的时候,就带着两个儿子去逃荒要饭。

小舅姥爷说他那时只有五六岁,最怕他父亲让他坐到筐里去,另一只筐里已经装了锅碗和棉被,扁担一挑,就可以上路。他总哭着不肯上去,但最后,还是坐在筐里,跟着父亲和哥哥,一路要饭,来到六安一个叫徐集的村镇,驻扎在那里,到割麦时节才离开。

十多岁时他们变成地主羔子,田地被没收,唯一的一张太师椅,也被工作队扛走,但比起邻村被处决的那对"恶霸地主"父子,已经应该念佛。大舅姥爷说他小时候去亲戚家喝喜酒,曾见那对父子,都戴着金丝眼镜,是人人见了都要屏息禁言的体面人,说枪毙也就枪毙了。

两个舅姥爷的婚事因此被耽误下,媒婆见了他们家人都躲着走,据说也曾有一家人,只有个独生女儿,那年修房子,大舅姥爷去帮他们打土坯,他们看中他好人材,希望他能入赘,跟前跟后地跟他商量,大舅姥爷不说话,干完活就走了,失去这辈子唯一一个老婆孩子热炕头的可能。

大舅姥爷一辈子就吃亏在心高气傲，他的出身让他不得不低头，他要在别的地方找补回来。不管他怎么勤扒苦做，家境也很难改变，不请自来的，是无数中国人谈之变色的一九六〇年。

最先饿死的，是舅姥爷他奶奶，也是我姥姥的奶奶，我妈喊她太奶奶。这个太奶奶，是我妈荒芜的童年记忆里的一抹暖色。家里有点啥好吃的，太奶奶都会给我妈留着，还时不时叫大舅姥爷跑上几十里地，送去从附近沟渠里挖的藕、钓的鱼虾、捞出来的鸡头米，加上树上结的枣子等等，满满一筐好吃的。

饥荒年月一开始，太奶奶就不肯吃饭了，从公社食堂里打回来的那点稀汤端到面前，她掉过脸去，硬饿。两个舅姥爷求她吃，她说："傻孩子，我吃了，你们吃啥？我是死得着的人了，你们年轻轻的，还没活成个人呢。"大舅姥爷说，直到最后，她牙关都咬得铁紧。隔了那么多年，大舅姥爷的口气很平静，我听了却有些异样的感觉，看着眼前这个衣衫褴褛的老头，我想，他原来也是被人全力爱过的啊，他的奶奶，知道这个大孙子后来再没被人那样爱过吗？

大舅姥爷的父亲紧随其后，先是浮肿，然后觉得哪儿哪儿都不舒服，跑到县城去看病，还去了他女儿也就是我姥姥家。我姥姥不大待见他，要他回去，他回去不久就死了。我妈说，哪是什么病啊，就是饿的。

我觉得我姥姥未免凉薄，我妈说，也是怪他一辈子不正混。再说，那时候，给他吃了，我们就得饿死，你不知道那大饥荒啊，经常有人走着走着就倒下去。树上的叶子全部被捋光，冒个芽就被摘掉，榆树什么的就不用说了，地上长的剌剌牙又苦又涩还有刺，也被人薅回去煮汤。就那样后来还照旧能长出来，那是老天养人。种子要在粪便里泡过才能种下去，不然人家就扒出来吃掉，就这么着，点下的花生，照样有人扒出来，回家使劲烀了再吃。有一次，我眼尖在地上看见一粒绿豆，捡起来嚼了，比现在吃开心果什么的都香。

偷窃成为必需的生存技能，即便大队派了专人看管，仍然有无数双眼睛，在暗处窥视着土地上那些不允许收割的粮食，就像白蛇准备偷盗救命的仙草。

饥饿中，一向疼爱我妈的舅姥爷们也变了，我妈原本是在他们肩膀上长大的，现在，再回去，他们都是严阵以待的一脸寒霜。许多年后我妈说起这些，并没有怪责之意，饥饿让细枝末节都变成生死取舍，他们担心我妈吃他们那点口粮，也是人之常情。

那是最为可怕的三年，之后也没好到哪里去，能吃顿饱饭还是在1978年之后，舅姥爷的地主帽子也被摘掉。他感谢政府，有天，有人要饭到他门口，舅姥爷进锅屋舀了一勺稀饭，随口问，现在年景这么好，你咋还出来要饭呢？要饭的顺嘴叹道，这不都怪邓小平？舅姥爷"咣当"把勺子掷回锅里，骂道："你这个懒汉，你还怪上邓小平了！"要饭的无趣地去下一家了。

年景好了，地不够种了，大舅姥爷寻摸着还能干点啥，他当年逃荒要饭一度还给人扛过长工，去过些地方，知道货郎挑子很受欢迎，他眼皮子活络脑子够使，这活儿，他干得了。

他托我爸买了辆凤凰自行车，在城里批发了些针头线脑布匹糖果，又弄了个拨浪鼓，走乡串户地吆喝上了。生意挺好，他不断骑行数十里进城，在我家歇脚，有空时帮着我妈搭把手带下我弟弟，我爸现在还记得，他用个脏得看不出本色的扎腰带系在我弟弟身上，我弟弟像个小狗似的，朝前挣着爬楼梯，对于我和弟弟，大舅姥爷都是最为亲近的长辈。

靠着这小买卖，大舅姥爷成了村里的冒尖户，走起路来腰杆直直的，眼睛看到天上，我小时候去他家，就听隔壁女邻居捂嘴窃笑："你看你大舅姥爷傲的，果真钱是人的胆。"也有人来给他说亲了，那时他也不过四十多岁，村里跟他情况差不多的，都想方设法找了女人，有外村的寡妇，还有人从贵州或是四川"带"回来的女人，大舅姥爷一概拒绝。我姥姥最了解这个兄弟，说，他是怕人家来家吃他的。你大舅姥爷啊最"尖"了。

吾乡，这个"尖"，指的是吝啬。大舅姥爷的"尖"也是出了名的，都说他"手头票子不少"，但舍不得吃，舍不得穿，村里人都住上瓦房了，他还是那几间茅草房，快塌了，才勉为其难地盖了两间小房，人和牲畜一个屋，晚上，人们听着广播拉着呱，总能听见那头大黄牛不甘寂寞地哗啦啦尿起来。

　　大舅姥爷最大的爱好是数钱，闲来没事儿，他就坐那儿数钱，或是朝床上一歪，或是往树下一靠，掏出口袋里那沓钞票数啊数的，每一次点数，似乎都有一种"人生若只如初见"的喜悦。

　　正是这个爱好，断送了他的货郎营生。那回，他一大早出门进货，午饭时候也没回，下午，他脸色灰灰地回来了。我妈问他咋了，他拿出一个酒瓶底大的茶色玻璃，朝桌上一放，不说话，问之再三，才知道，他这大半天，都在等那个把这块茶色玻璃"抵押"在他这里的人。

　　是那种老骗局，一个人卖所谓祖传宝贝，另一个人想买，没带钱，转脸看见大舅姥爷，求他把钱先垫付一下，以这宝贝再加一块手表做抵押，自己回去取钱去，马上就回来，还有重谢。

　　大舅姥爷垫付了三百块，然后等啊等，等到旁边开小店的人都不落忍了，提醒他说，这人是个骗子。大舅姥爷方才明白上当了，失魂落魄地转回家来。

　　我妈听得啼笑皆非，问他怎么就能信了，他说，那人将头发绕在玻璃上烧，烧不着，要么你再试试？我妈吧嗒就把那块玻璃打在地上，碎成两半，旁观了整个过程的我倒好一阵担心，万一那真是个宝贝怎么办？万一人家找上门来要怎么办？这当然是多余的，此事的唯一后果是，我大舅姥爷再也不愿意进城进货了。

　　他沉默地结束了货郎生涯,又去想别的致富门道。村里修水渠时,他在村口卖过"胡辣汤",我还去喝过几大碗,至今仍记得那种彩旗飞扬锣鼓喧天的欢实劲儿。施工队撤了之后,他试着种西瓜香瓜等经济作物,还养过一种安哥拉长毛兔,卖兔毛,等到这个营生也逐渐衰落,他去帮村里的窑厂看砖窑,这个活最后被窑主亲戚顶掉了,他就到城里来找我爸,让我爸给他找点活干干。

　　我爸当过多年记者,这点人脉是有的,就把他安排到附近的一个单位看大门。这个工作对于大舅姥爷,真是得其所哉,他上了年纪,睡眠少,帮上下夜班的人一再开关门也毫无怨言,他话少,生得威严,那个单位,从领导到普通员工,对他很有些尊重,过年的福利也分给他一份。闲暇时候,他学会了修鞋的手艺,经常帮员工们义务修个鞋什么的,只收个成本费,很受欢迎。

　　大舅姥爷在这个职位上干了好几年,七十三岁那年回到家乡,他迷信"七十三八十四阎王不请自己去"的说法,再则,他的身体的确也大不如前了,他希望能死在自己亲手盖的那两间小砖房里。

　　这一愿望没能实现。他回去不久,原先住的圩子,被开发商看上了,找了村里的干部,动员村民拆迁。大舅姥爷不答应,村里停了他的水,他就去井里打水,停了他的电,他本来就不怎么用电,唯一的家用电器就是那两盏五瓦的灯泡,这下,他干脆睡到门口屋檐下,还可以防止拆迁队偷摸着拆了把他活埋里面了。

我仔细了解过开发商给出的价码,一平方米赔偿四百块,加上宅基地的补偿款也不过五六万,而开发商新建的房屋一平方米为两千元,也就是说,赔偿的那点钱,只够买个二三十平方米。我也觉得义愤,赞成大舅姥爷对抗到底,不过此时已是深秋,似乎不必睡在屋檐下。我跟大舅姥爷说,有什么事儿,给我打电话,需要的话,我可以立即赶回来。

过了好一阵子,大舅姥爷那边没有动静,我打电话问我妈,我妈说,他已经答应人家了。我惊叫道,这怎么行?我妈说,别人都搬走了,就他老哥俩待在那里,好像他们多难缠似的,村里人也老说他们,他们就搬了。

唉,其实我也懂,大舅姥爷爱他那房子,但更爱面子,生平最怕给人添麻烦,更受不了人指指戳戳,尽管明摆着他是受害方。

接下那笔拆迁款之后,他和小舅姥爷一道,依傍小舅姥爷的养女生活。养女已经出嫁,和丈夫住在附近的集市上,有个上下一共两间的小楼,两个舅姥爷,就在楼下搭了两张床。那五六万补偿款,加上以前的积蓄一共十二万,他们一把交给了养女。

白天,养女夫妇出去打工,两个舅姥爷就帮他们带孩子,做家务,赶上逢集，大舅姥爷到门口支起补鞋摊子，小舅姥爷帮村委会扫垃圾，如果都能健健康康的，日子倒也颇能过得。

但大舅姥爷开始生起病来，也不是什么大病，他这一生，用这身体太狠，养护得又不够，像是一辆年老失修的破车，三天两头地要进修理厂，大舅姥爷每次进医院，都会被医院下住院通知单。

大舅姥爷是五保户，按政策医药费全报，但不知道哪个环节出了问题，医院的电脑里，硬是找不到他的名字。养女去找镇政府管这事儿的，管事的叫她去找村委会，村委会则赌咒发誓说报上去了，还叫她去镇上。

再去镇上，管事的那人正在跟几个人打牌呢，眼睛盯着牌说，等我把这回打完。好容易等他打完了，那人站起来，从包里抽出个塑料袋，上集买菜去了。等他买菜回来，得到的答复还是，找你们村委会去。

不得已，我找了跑新闻的同事，同事辗转找到该镇一个分管文化卫生的女副镇长。女副镇长答应得很好，就是不解决，其间周折我也忘了，一筹莫展之际，我发了条微博，说了这件事并爱特了当地县委公号。这条微博被一些影响力比较大的朋友转发，很快，舅姥爷的养女打电话来说，镇里派人来看他们了，答应马上帮他解决，同时也抱怨他们不该捅到网上，委屈地说："我们不就打个小牌吗？"倒说得大舅姥爷很不好意思，转脸就骂那养女不该到处讲。

大舅姥爷从此可以顺顺当当去住院了，住了几回之后，他不肯再去。说他看了那住院单子，每次都要花一两万，虽然不要他掏钱，那也是国家的，他这把年纪，不能这样糟蹋国家的钱。

大舅姥爷就那样在家里躺着，以微弱的生命力，与命运硬抗。就在这同时，他周边的一些人，为他在谁家办丧事而争执不已，吾乡规矩，在谁家办丧事，收取的份子钱就归谁，大舅姥爷这一生，不曾结婚生子，放出去的份子钱，可以做一次收回，数目想来不少。不巧的是，每一次，大舅姥爷都出人意料地起死回生，将争执打断，让生活继续。

在那个春天末尾，大舅姥爷终于将生命清零，他没有留下子女，也未曾听说有什么感情瓜葛，他这一生，活得像一块石头，唯一的意义，似乎只是在石头上留下风雨的痕迹。记得我最后一次去看他时，是带着我的孩子去的。死讯到达时，我对儿子说，你还记得前几天我们看望的那个太姥爷吗？八岁的孩子眼皮都不抬地说，他死了是吗？我说，你怎么知道的？他说，我当时看到他躺在那里，一动不动的。我说，你有没有觉得他很可怜？儿子说，我们将来不都得这样吗？

也是，我们将来都得这样，这也许是生命唯一的公平之处。

曾经在我家来来往往的那些陌生人

某人有时会感慨，安徽就是一个微缩的中国，淮河为界，分出南北，气候、饮食习惯、农作物各有不同，性格上的差异更为明显。为避免沦为地图炮之嫌，这里且不细说，只说一点，某人每次听我说起我小时候三天两头来个陌生人住在家里，就会由衷感叹，在他们皖南，若非至亲，留宿借宿都是天大的事。

我们皖北则不然。我爸妈都出身农村，在他们那些封闭的小村庄，要是有个把人混到城市里，就等于在那儿建立了一个小驿站，若需在城里逗留上一两天，前来投宿是理所当然。作为回报，会相应地带点农作物之类，半袋大米，或是新打下来的麦面，再奢侈一点的，会带上一篓鸡蛋或是咸鸭蛋，至于拎活鸡登门的，就是个特别有数的讲究人了。

我和弟弟讨厌其中一些人，比如那个小老头，他吃豆腐乳时总是将筷子奋力一嘬，还自不量力地试图管教我们。我和弟弟不是经常跟我奶奶有点小冲突吗，他就讲故事给我们听，谁谁家的孩子不孝顺，被天打雷劈……终于使我们对他从有点反感到深恶痛绝。

也有我们喜欢的。比如那个转车去山东读大学的姑娘,她衣着朴素,面容清秀,言谈举止间,有一种日常里不常见的温柔。我和弟弟立即就把她奉为女神,想方设法要讨她欢喜,但我们的能力太有限了,最后,我们冒着被家人责骂的风险,跑到附近的沟渠里舀了一瓶小蝌蚪,无限期待地呈给她。

也碰到比较传奇的客人。有个姑娘说她爸妈要把她嫁给一个她不喜欢的人,她留了个纸条离家出走了。那时我爸妈也不过三十多岁,非常理解她,帮她在我家极其有限的空间里打了个地铺。但是第二天晚上,这姑娘去屋后上公共厕所,到了十来点还没回来,我爸妈都很惊慌,满世界找,却发现,后面邻居家的窗口传出她的说笑声,隔着纱窗,我爸妈也能看到,她和邻家男子相谈甚欢。他们对她的交际能力惊怒不已之余,也对她的出走理由产生深刻怀疑,天一亮,就软中带硬地打发了她。

生活啊,就是这样的反高潮,它有它的走向,不会遵循你心中的底稿。但我爸妈显然没有意识到这点,很快,他们就犯下了更为严重的错误。

那是一个冬天的早晨,我还没起床,就听见客厅里我爸在和什么人说话,对方的声音嗡嗡的听不清,但乡音浓重,一听就是老家来的亲戚。我爸的声音则提高了八度,他激动起来总是这样。

我穿好衣服，走出卧室，见客厅里坐着两个男子，乡土打扮，一个上了点岁数，但一双精悍的眼睛，深嵌在瘦而黑的脸上，沉稳里带点狡黠，像是跑过许多码头的样子。另外一个很年轻，眼神躲闪羞怯，睫毛浓密得过分，覆盖在微微颤动的眼睑上，将他的惊惶表达得更充分。

他们在我家吃了个早饭就告辞了，拎着两个硕大的菜篮子，我爸说，他在菜市上碰到他们卖菜，就请到家里来了。

他们也是我爸的邻居，但我爸跟他们并不熟。我爸一九六八年当兵入伍，后来也没怎么回过家乡，只对这个老者有点印象，都没见过那个年轻人，他们的故事，我爸听我奶奶说过一些。

年轻人的父亲姓于，在家中排行老四。他兄弟五人，人口多，家底薄，老二老三一直打着光棍，于老四倒弄了个媳妇，名叫菊秀。

于老四人长得高大，是出了名的庄稼把式，菊秀娘家没要什么彩礼就把闺女给了他。结了婚俩人也还算和美，但天有不测风云，冷不丁地，于老四得了场出血热病死了，亲人难过自不必说，葬礼办完，一个问题自然地浮出水面，菊秀咋办。

那年头，在那个小村落，一个寡妇，既是一个问题，也是一笔资源。菊秀带着个孩子，回娘家也不招待见。留在婆婆家守节，天经地义，但婆婆也要算笔经济账，女人家身单力薄，干不了多少地里活，再加上娃的那张嘴,更是投入大于产出。

但如果换个思路,女人可不只是能干地里活,还能给人当老婆生娃呢,于老二于老三乃至于老五都没媳妇呢?随她挑,好歹肥水不外流,于家连谢媒人带彩礼带给新人准备家当能省下一大笔,也不用担心菊秀将来给娃改了姓。

于家这算盘很如意,但菊秀不愿意,说她暂时没这个心思。于家人不好勉强,只得让他们母子俩在东头偏厦住了下来。住着住着,于家人看出名堂来了,菊秀不是没那心思,只是,她这心思,给了村东头独门独户的张友林。

张友林其人,我爸打小就知道他,据说他爸是国民党团长,他娘是小老婆,一九四九年,他爹去了台湾,丢下他娘俩。也有人说,他娘连小老婆也不算,就是团长经过他们村时,搭上了他娘,他是个没根的野种。

不管事实如何,反正张友林是按照野种的路子活下去了,尤其在他娘去世之后,他游手好闲,东溜西逛,没吃的了就去帮缺劳力的人家割个麦子插个秧什么的,最不济朝那麦秸垛上一躺,也能顶个两三天。"人是一盘磨,睡倒就不饿。"张友林得意地跟村里人推广他的生存秘诀。

他一无所有,因此他最自由,光着两脚走四方,他说他最远到过新疆,差点被困在沙漠里渴死,幸好碰到个逃犯,手腕上有被铁丝穿过的洞,那劳改犯长得凶，人却很好，分了水和干粮给他，俩人互相支撑着才算走出来。

他说的跟真的似的，村里人却不怎么信，但心里却认他是个见过世面的人，嫌弃里，还带点佩服。

菊秀跟这么一个人扯上干系，让于家人陡然生出正义的愤怒，疾言厉色，苦口婆心，甚至请了她的娘家妈来做思想工作，菊秀就是不吐口，她妈气得扭身就走了，赌咒发誓不再认这个闺女。

娘婆两家这么一赌气，菊秀干脆就自暴自弃地跟张友林明铺暗盖起来，村里的女人从菊秀窗户下走过，总是忍不住脚步慢上一些，听上一会儿，就捂着嘴笑着走开，说菊秀平时不言语，没想到在男人跟前这样嗲声浪气的。

有女儿的人家都多了几分紧张，交代闺女离菊秀远着点，于家人也跟着灰头土脸的，没办法，好话歹话都说尽，这个女人就是油盐不进。

最后是命运帮他们解决了这个难题。菊秀得了病，很重，张友林照顾了几天，就迈着两条腿跑了，说是要去挣瞧病的钱，这一来菊秀连个递水递饭的也没有了，她那儿子才三四岁，整天跟个小狗似的，赖在奶奶家门槛上。

没有人管菊秀，娘家妈也生了气，不来，说早就当她死了。菊秀快不行的时候，她娘才赶来，菊秀瘦成一把骨头，不知道有多少天不进水米了，眼皮上都生了蛆。她娘哭了，哭着骂，这个死老婆，可能要点脸？还等着他回来才死呢。

张友林在菊秀去世一个月之后回到于家村，脸色黑黑，见谁都不搭理。倒是菊秀的儿子以前跟他亲近惯了，加上在奶奶家里成天被人骂过来踢过去的，见他回来，一声不响地就跟在他后面。张友林叹了口气，轻松了半辈子的单身汉，逃得过那个女人的怨，却逃不过这个小娃娃的黏，这孩子后来就跟他过了，一直到现在。

我爸早年爱好文学，现在也长期订阅《收获》《十月》等等，见识自然跟村里的人不同。他被菊秀的爱情打动了，也被这样一个结尾打动了，他本能地想把这个故事变得更加戏剧化也更加正能量，于是，他跟我妈商量，他要帮助这个名叫"小春"的年轻人，让他过上更加幸福的生活。

第二天，我爸到菜市上找到了他们，提出借给小春一笔钱，让他搞副业或是做小生意，张友林和小春都感谢万分，我爸给了小春两千块钱。

在当时，我爸一个月工资不过一百多，两千块算是个不小的数目，但是如果用来交彩礼就太寒薄了，所以小春只订下了一个据说智商有点问题的媳妇。当于家村的人来城里办事，顺便告诉我爸这个消息时，我爸极度震惊和失望，他没打算帮小春娶媳妇，更没打算帮小春娶个智商有问题的媳妇。我奶奶则非常心疼那笔钱，老当益壮地重返故里，她老人家当年就是个厉害角色，如今余威仍在，小春七拼八凑找了两百块交给我奶奶，从此之后，与我家再不相往来。

关于他们，最后的消息是，小春那个老婆确实脑子有问题，但这并不影响他们婚后开辟了一个致富之道，生孩子卖。村里人都说，亏得她是个傻子，脑子好一点的，谁有心肠干这事？据说他们家已经过上了幸福的生活，但张友林早在小春订婚时就被一脚踢开了，现在缩在半间草屋里，很可怜。

我爸果然改变了这个故事的走向，却不是照着他的思路，他为此很不快，但我却觉得，作为真实的人生，这的确过于残酷，但作为小说，它的风格比我爸原先的构思更为写实，更能体现人性。

没错，等我长大一点之后，我也变成了一个文学青年。但我的口味跟我爸完全不同，也许更暗黑？我不喜欢有始有终的故事，也不喜欢那种光明的尾巴。相对于张友林和小春，打我家经过的过客里，我更感兴趣的，是一个中年妇女。

这女人微胖，梳一种我们这里叫做"二道毛"的短发，近乎童花头，略长，把这女人的胖脸显得更圆，她的眉目淹没在这个发面饼似的大脸上，几乎没有给我留下什么印象。

她拎了两盒乳酸菌饮料，来找我奶奶，似乎因为宅基地什么的，需要我奶奶给她做个证。在村里人开始出门打工对城市逐渐习惯之后，我家的驿站功能开始式微，所以她的到来让我奶奶很高兴，热情洋溢地跟她介绍我家的新房，尤其是楼梯灯的双控功能，人要是老了，真的会像小孩子一样虚荣。

这个女人当然也很高兴，一路奉承，陪着我奶奶说了两天两夜的话，第三天，她走了，我奶奶没有答应回去帮她做证，自称身体不好了，这是一个原因，更重要的是，我奶奶活到八十多，也是个饱经世故的人啊，岂能轻易为人所用？

她一走我奶奶开始讲她的故事，情节很绕，一开始我都没听明白。后来我听懂了，剪短截说吧，就是这个女的前夫兄弟三个，因为分家的事，兄弟三人打了起来，最后，前夫的哥哥和弟弟，联手打死了她前夫。

哥哥认下那致命的一锹，作为主犯被处决，弟弟被判了十几年，这女的不服判决，认为俩人都该枪毙，弟弟身强力壮，说不定那一锹就是他拍下去的。

她为此上诉多年，跑到县市地各级法院哭闹，但弟弟还是减刑出了狱。出狱之后，弟弟老是去帮嫂子干活，这让这女的更加气不顺，她终于想出办法来成功地阻止这件事——她嫁给了弟弟。

这种峰回路转让我惊奇了一分钟，一分钟之后我感到所谓惊奇不过是为了配合世情，且不说现实压力人生重负，对于这个女人，对大嫂的嫉妒，完全有可能比当年的杀夫之仇来得更加刻骨铭心。一次次上访，消耗了太多情绪，愤怒不过是一种惯性，嫉妒恰到好处地釜底抽薪，引向这皆大欢喜的结局。

我多次想把这个女人写进一篇小说里，我想仔细描述她和大嫂的斗法，两个女人的怨仇，爆发力堪比核导弹，明争暗斗，千转百回，多么富有弹性，要怎样写，才能丝丝入扣？

但我始终没有尝试着去写它们，我觉得我还没有做好心理准备。我的第一本书是关于《红楼梦》的，老有人问我怎么能把红楼读得这么熟，我说是因为打小就喜欢看，又问那么小怎么能看懂？的确，这个时代，家庭是封闭的，小孩子了解到的社会关系，仅限于父母最多到爷爷奶奶姥姥姥爷，无法采撷到更多的人际样本，看《红楼梦》这样的书就会很吃力。

而我成长于一个有驿站功能的家庭，不出家门，大千世界扑面而来，我的那些乡亲们，他们带来家养的活鸡和鸡蛋，带来刚打下的麦面与新米，带来人情世故，带来淮河岸边茂盛生长的爱恨情仇，他们用各种方式，向我展示了一幅色彩浓烈饱满的画卷。他们是我用心读过的第一个长篇，也是我在少不更事时候经历的情感练习，总有一天，我会写下我感受到的那一切，作一次渐行渐远之后的回归。

一双绣花鞋

我喜欢平遥这地方，其中一个原因是街上有很多可以买的东西，不像其他的旅游胜地，都是满坑满谷的假古董，平遥长而窄的街上，能找到很多别致的、价格合适的、日常化的、女的都喜欢的东西。

比如说绣花鞋，别处可能也有，但这里卖的鞋底是手纳的，别处可能也有手纳鞋底的，但是这里一双只要三十多块钱，相对于其他地方动辄上百元的价位，就显得特别平和、正常，是让你买了穿回家的东西。

印象中我姥姥挺喜欢绣花鞋的，便打电话问她的脚多少码，妈妈说三十九码，又问要红的还是要黑的，妈妈说，唉，老太婆了，就黑的吧。

就买了一双黑的，黑的底色，鞋头浮着两朵非常嚣张的大红牡丹，鲜活的绿叶子，纹路都用金线描了，那强烈的对比，成一种静默的刺激。在小店里，我把脚插进去试，当然不合脚，但在灯下细细地看，竟莫名地有了亲切的触动。

带回家，姥姥非常高兴，她甚至想好了穿出去跟人家怎样问答，坐在沙发上，她笑眯眯地想象着，人家见了一定问，这是谁的手这么巧啊，给你做了这么一双鞋？她就答，是娘家的一个侄女啊。然后还要脱下鞋，把鞋底翻给人家看，看看，这针脚多细密。人家啧啧地叹着，大家各自走开。

为了让这一幕真正实现，姥姥要求我，不要告诉任何人，这是我从外面带来的。听到我的保证之后，她方才心满意足地拿两只鞋敲着自己的膝盖，非常惬意地敲了一个晚上。

不过姥姥也有遗憾，要是一双红鞋就更好了，最好是大红的，描龙绣凤的那种。那样的鞋子，我在平遥也看到过，但压根就没想要买给姥姥穿，她这么一说，我也觉得遗憾，觉得那样的鞋子，跟姥姥很相宜。

从此，姥姥但凡听说我要出门，就托我带大红绣鞋，我把这份心愿理解为一个老去的女人对于自己的娇宠，对于自身女性身份的唤醒与确认，而姥姥选择最放肆最喧哗的那种大红色，是因为她太老了所以她活开了，不再瞻前顾后，不再畏头畏尾，她骄傲地、平静地穿着它，那双鞋和她的岁月融合在一起，形成了让人动容的美。

可惜我再没有到过有绣花鞋卖的地方，倒是在这个城市的某个角落，我找到了姥姥心仪的绣花鞋，买回家，告诉姥姥，是同事从外地带来的。不算欺骗，我知道姥姥喜欢这样的说法，她没有去过很多地方，却更喜欢从远方带回来的鞋,仿佛那双鞋连着一连串的脚印,而那些脚印将她和远方连在了一起。

我叫不紧张

我经常梦见自己在打电话，时间紧迫而号码很长，越是快拨完了我就越紧张，我知道，在顺利完成之前我肯定会出一个小错。于是一遍遍重来，直到醒来我也没能跟那一端通上话。假如这个梦有些暗喻色彩，它说明，我是一个多么容易紧张的人。

不做梦的时候，我最怕填写特快专递的单子，一行行的空格，就像一排排居心叵测的跨栏，下笔之前，我就知道，我肯定得在哪一排绊倒。我屏住呼吸，心怦怦地跳得厉害，每一个字都写得那么用力，直到终于出错。我望着那个填了大半的单子，如释重负地长出一口气，跟服务台里的小姐或先生再要一张单子重新来过。有一次我很不环保地一连作废了三张单子，实在没有勇气再开口了，只好走很远的路，跑到另一家邮局。

我还害怕数钱，害怕填表，我每次在办公室敲字时都会激起别人的抗议，就算面对一个空白的文档我都会那么紧张，不自觉地让手指落在键盘上时变得格外铿锵——那样大的吧嗒声，确实是很吵人的。

公交车还没到站，我就会早早地站在门边；一般我不坐出租车，因为一旦赶上堵车，司机的眉头那么一皱，我的心马上沉重起来，好像都是我的错；偶尔坐一次出租车，能听到交通台的直播互动节目，打进电话的那些家伙大多是比较自我的，他们喋喋不休地说着，我却能从主持人打鼻子里哼出的几个叹词听出，他其实非常想把这个电话挂掉。

如果是我自己直面他人，我的表现有两种：一种是收缩，手臂抱紧双肩，声音不由自主地变轻，别人不对我发出邀请，决不轻易开口，而一旦我鼓足勇气的发言被某个粗线条的家伙截断，我会猝然闭嘴，心里暗暗后悔没能将沉默进行到底；第二种则很奇怪，是滔滔不绝，我没完没了地喧哗着，私心里却希望这些有趣无趣的废话能成为一种遮挡，胆怯羞涩的我躲在下面，侥幸地被人忽略。

有一次，一个见过一两面的人给我打电话，我感到他也是一个容易紧张的人，这就使我更加紧张，我大声地跟他寒暄，对他的每一句话都热烈呼应，我听见自己不停地说，是吗是吗？那太好了！这种热情使对面的人大大地惶惑了，把所有的事情谈完，静默了那么一秒，我听到他犹豫地说，那，我把电话挂了？

收线之后，我把自己的脸呱嗒一声放下来，心底的声音在说：我对这个人一点也不感兴趣，可是我为什么要这样？

因了这些经验,我会饶有兴致地打量那些和我一样夸夸其谈的人,他们手势飞舞、眼神亢奋,声音显而易见地提高八度,我猜他们的内心,一定有一根弦,越绷越紧,他们在努力地不让它绷断。

我有一个朋友,少年老成,总是很稳地坐在那里,说起话来深思熟虑不愠不火,我一直羡慕他的从容,直到有一天,他跟我说,你知道消除紧张的办法吗?有一、二、三点……他说的那三点我都忘记了,好像有一点是先谈天气云云。比起这葵花宝典独家秘笈,给我留下更为深刻印象的是,原来人人都很紧张啊,能总结出三点对策的他,比我们在紧张的道路上走得更远。

我身边那些伟大的人

那时,我还在另外一家报社做娱乐编辑,有一日,部门来了个实习生,个子很矮,其貌不扬,不太爱说话,沉默寡言这种情况发生在一个帅哥身上,也许会很酷,在他的身上,只会显得不懂事。

他不在的时候,别的部门的人跑过来,说,你们怎么要了这么个实习生,怎么去采访明星啊。主任说,他挺有才的。我大概是用鼻子笑了一声吧,我记不大清楚了,那种否定的态度,印象却是深刻。

后来,我换了家报社,巧的是,他毕业也分到这里。然后就不停地听到看到他的消息。他的发稿量总是名列前茅,他的好稿数常常名列三甲,领导总是在表扬他表彰他,如果这都说明不了什么,有一次,我的版面上做了个策划,他跟策划内容有所关联,我请他帮我写了一篇应景的小稿,自然不可能写得才华横溢,但布局与文字,都可见他的用心,确实,非一般人能比。

而这个时候,我也因自己的处境经历等等,衡量人的标准渐渐改变，我不再那样绝对地以貌取人，开始觉得才华、性情、向上的信念更为重要。跟他们部门的一个女孩子交流过，那女孩说，有个细节让她对他很有好感，在餐桌上，他给人敬酒，一边站起来一边笑道：本来就不高，站起来也还是不高。

我后来也亲耳听见他类似的自嘲，有次，单位组织体检，第一项是量身高，他笑道：才来就碰上我的强项。

自嘲，是强大的表现，一个农村出来的，相貌平平个子矮小的男孩，要穿越多少黑暗酸楚，才能达到这光明自信的彼岸。就算现在，我也不相信他完全克服了，有次，一个同事当着他的面笑道，他已经把自卑转化为狂傲了。有时，他还免不了暴躁，但这些，都不足以掩饰他进取者的光辉，甚至于使那光辉更加立体，而不是光荣榜上的一个邈远头像。

认识一个男的，经常吹嘘自己高大英俊，当然他确实有几分姿色，但是这有什么好吹嘘的呢？美貌这东西，确实很像遗产，对一些人，它是锦上添花，对另外一些人，可能是雪上加霜。且说后面这种，像这个自以为美的男子，若是他没有这么搔首弄姿，若是他能够沉下心来，修炼自己的性情与智慧，那么，他也许就不会像现在这样浮躁，成为他人的笑柄。

就算是锦上添花吧，像我们知道的那样，相貌出众的人，更容易获得他人好感，因此更容易成功，无论是求职、求偶、晋升，都能省些力气。

可是，正因如此，除了极少数的特例，相貌出众者的人生都太顺风顺水了，没有老人与海似的与命运的搏斗，也就少了几分张力与快感，无法体现那种意志力的极美——像朱光潜所言，向着抵抗力最大的方向走去。

而我的同事，他自然没有那么顺利，他曾说，他追老婆追了九年，他老婆一开始不喜欢他。我又曾在一个类似于点名提问的东西里看到他说，他会选择他爱的，而不是爱他的。这种也许为貌美者不敢或是不屑的回答里，体现着一种力量感，我的同事所以让我怀有敬意，还因为他从来不在自己的人生里粉饰太平。

我不知道是什么使他保持这样的意志力，没有扭曲，没有误入歧途，除了智力优势以外，我想，大约也是因为他爱学习吧。他曾说自己每月要买多少钱的书来着，我忘了，但我经常碰到他从书店回来，或是要到书店去，有次因为顺路，我还开车载他去过爱知书店。不断地学习，做一个有境界的人，突破命运带给自身的各种局限性，这真是一件很了不起的事儿啊。

所以，虽然说貌似人之初生，有美丑妍媸，有贫穷富有，甚至还有先天不足者，有残疾人，很不公平，但事实上，对于人最终极的考量，还是看这个人性情与智慧。是会有一些轻浮如我之当初的人，以貌取人，但这是我们自己的错，当我们以这些不能恒久的事物做尺子来量别人时，我们也会陷入被别人量的境地，谁没有一些局限性呢？那么挫败感是早晚的事，一个聪明人，不要为这种愚蠢陪绑。

活在这世间，我常常焦灼，感到自己人生的不如意，又想到命运会不会关照我的小孩，想到这个同事，则使我心情平静，我看到了人类战胜命运的可能，和这战斗中体现的美与力。因此，我的小孩，如果有一天，你觉得自己不够漂亮，不够聪明，也不用为这些苦恼，更无须在这些方面折腾，更应该做的事，修炼你的智慧，超越这些魔障，说到底，美貌会老，审美会疲劳，聪明会反被聪明误，而一个人的智慧，会让自己处之泰然，让别人观之神爽。

我爱朗诵

如果房间洁净，心中安静，如果整栋屋子里只有我一个人，连影子都悄然隐匿起来，这时，我最愿意做的事就是朗诵。

坐在地板上，选一本诗集，挑一首喜爱的朗诵，开始时可能心中不安，吐字犹豫，那些句子跟声音如水与油一般无法相溶，然而，当字句一一闪过，如熟悉的路牌被艰难地辨认，如回到了曾经走过的地方，夕阳如歌，世界美丽的地方清晰，平庸的地方被虚化，加在一起如一场电影的背景，这个电影的主题则是，我怎样跨越长长的日常之路，与激情重逢。

我愿意承认，多数的时刻，尤其是菜市般杂乱的白天，我是一个投入地庸俗着的人。我捍卫自己的利益，很失风度地斤斤计较，有时候我和人生气，也让别人生气，有时候恰恰相反，我委曲求全，吞进生活全部的剩烟头。这些时候，我有多么不甘心，我看到一些闪光的、辉煌的东西在远处闪烁，海市蜃楼一般地提示着这世界的神奇与神秘，而这些，却与我毫不相干。

我还很年轻的时候,就喜欢用一个词:努力地。我的老师批评我,你怎么总是这么努力,为什么不能够更自然地生活?可是,直到今天,我还是喜欢努力,我喜欢那种紧张感,喜欢里面渗透的个人意志,我甚至喜欢不自然,不自然的东西有一种奇崛之美,是个人对于既定事物的背叛,或者说私奔,便是最后被证明是失败的了,它的光彩也在这失败的过程中释放出来。

我的朗诵,便是这么一个不自然的东西,我喜欢读的是这么几首诗,顾城的《我是一个任性的孩子》,安然地起首,我的朗诵自由地翻过一座座山岭,越过深沉的盆地,到达那入海口,当我念出"我只有我,我的手指和创痛,只有撕碎那一张张白纸,让它们去寻找蝴蝶,让它们从今天消失"。十指连心的疼痛从声音转换到自身,我甚至下意识地攥紧自己的手指,仿佛它真的受了伤。

余光中的诗我喜欢念那首《寻李白》,我觉得这是一首用来朗诵的诗,而另外一些是用来看的,我大声地朗诵着,对着墙壁,念"酒入豪肠,七分酿成月光,余下三分啸成剑气,绣口一吐就半个盛唐",一些气流便从白纸黑字间升腾而起,给我的孱弱加进了一些磊落之气,用杜拉的话叫"不死的英雄梦想。"

最后,我多半会以艾略特那首《情歌》结尾,这首诗很长,可是读到最后我还是觉得不过瘾,它起势很低,是一个像我这样的庸人的迷乱与彷徨,尽管对矫揉造作与言不及义的生活生厌,却永远没勇气离开,就此将自己推上一个紧要关头。

    他总是自问，我可有勇气，我可有勇气，又总是自嘲，我们还有时间，我们还有时间，还有的是时间犹豫一百遍，或看到一百种幻景再完全改过，在吃一片烤面包和饮茶之前。我的血液随之冷热，仿佛是另外一个人在宣读我的命运，我知道我命定地陷入平庸之中，我像诗中的主人公那样放弃了冒险，放弃了那一次次的冲锋陷阵，我其实害怕这一切，便是成功也让我心悸，小小的心脏承受不起宏大的感觉。

    幸福，或者悲伤，似乎都没有委屈安全，否则，为什么我们宁可委屈一辈子，也不肯涉足另外的世界。当然，还是有些不甘心的，于是，我朗诵，我在我的声音里消磨了平生意气，或者说，实现了我的平生意气。

小城生活

20年前,我是一个无所事事的年轻人,在一家内刊编辑部上班,主要是校对和捆扎杂志。但我更喜欢这种工作,它不用动脑筋,我仔细地在那些领导讲话、政策纲要、脱贫新法、企业赞歌中找错别字,找到很多就会很有成就感。我喜欢写得较差的文章,我大声地念那些可笑的句子,妙语如珠地批判它的糟糕低劣。大家——除了隔壁的领导,单位里还有两个人就全笑起来,沉沉的气息一下子荡开来,我的声音变得如金属般明亮。

我也喜欢包杂志,包杂志时,我们还要再请些人,有时候是闲居的邻家少女,有时候是楼下烧水的老头,大家一边包一边说些轻松的话,如果有人把杂志封面上的"月谈"念成"目读",就会激起笑声一片,不过,那两个字真的写得很像"目读"。

既不校对也不包杂志的日子有着很无聊的闲适,我就怂恿女同事小徐上街去买办公用品,我们好像永远有需要买的东西,胶水、糨糊、剪刀、墨水,我喜欢看小徐大包大包地买它们,是一种米烂陈仓的富足感觉,好像日子可以就这样摇下去,地老天荒。

小城的街,总隐藏着一些不可预知的美丽东西,我们偶尔会发现很可爱的衣服或饰物,这种发现鼓励我们继续不厌其烦地找下去。小城里也有高档商场,卖CD与资生堂,我们让售货员把香水拿出来,闻一闻,再还给她。在店堂的灯光下,两个年轻而没有钱的女孩子,我记得小徐笑笑地对我说,我们一个月要是能挣一千元就好了。

我们一个月挣不到一千元,我们就放下香水,去吃小吃,小城里有那样多的小吃啊,我最爱吃王三卷馍和煎凉粉,站在烟熏火燎的小摊前,天已经黑下来了,人们的脸上似乎都带了乡愁,哪怕是漠然的,哪怕是粗鲁的,都让我深深地感动。

那是我自己的身世之感吧?我喜欢我的生活,但我仍渴望着有所改变。深夜躺在床上,我冒了一身冷汗地想,难道我的一生就这么过去了吗?我觉着我就像一块烧夹生了的煤球,还没将能量完全释放,就被丢到灰簸箕里了。我肯定是不会甘心的。

于是我开始了夜晚的奔跑,我想身体是革命的本钱,广场的星空下,孤独的长跑者好像永不停止,理想令人忘记疲惫。

后来,我真的就走了,到五百里外的合肥,不太远,也就没太多乡愁,每个月末的黄昏，火车就载着我归来。我听说，小徐要结婚了，那家杂志即将倒闭，大家都说，幸好你走了，我也说，可不是。心中却惆怅着，好像，就在我一次次地离去与归来之际，就在所有的传说源源不断地进入我耳中之际，小城与我已逐渐疏离。

有一晚，都过了十二点了，站在家中的窗口，看见楼下有小轿车由远而近，车灯刹那间将四周照得雪亮，然后，它悄然拐入了一巷口，只剩下路灯依旧迷离。一种说不清的滋味蔓延于我的心中，我突然想，小城与青春，其实都已成了我的过往了，我怎么还以为能回得去呢。

刘邦·红拂·俺老公

我跟我老公一块去买衣服,他看上了一件衬衫,看了又看,很满意。我说,买下来吧。他说,下次吧。我不知道他为什么要"下次",他心里想的下次又是什么样子的,我知道的是,后来他没有再去买那件衬衫,他但凡说"下次买"的东西基本上都没买。

这一方面使我感到很欣慰——像我老公这种人,应该不大容易闹婚外恋吧,婚外恋通常都是一种即时性行为,电光石火那么一刹那,过电了,来劲了,折腾上了。像我老公这种人呢,就算他有幸被电到,没准也会习惯性地默默对自己说,下次吧。可是这种下次哪有那么容易来的呢?没有这次哪有下次呢?这就大大降低了他婚外恋的概率。

另一方面,我也感到很沮丧,我知道我这辈子没有夫贵妻荣的可能了,机会不但是留给有准备的人,还留给勇于出手的人,有句话叫"有勇有谋",我们老觉得这个词是偏正词组,落脚点在"谋"而不在"勇"似的,但是我博览群书认真思索人生之后,发现"勇"

往往比"谋"更重要。

以红拂为例,后人赞扬她,多半是赞扬她巨眼识英雄,当然,能从凡人堆里把英雄认出来,确实是很有技术含量的,但我觉得,在她的发家史上,这个才能只能起到"一定的"作用而不是"决定性"作用,起决定性作用的,是她肯出手。

想当年她在杨素家待得好好的,虽然生活很无聊,前途很渺茫,但大多数人都是习惯性地待着,最多想象一下将来的某一天,会有比杨素更年轻更牛的真命天子驾着七彩祥云来接自己。就在这漫长而无聊的时日中,李靖出现了,他是来找杨素谈天下形势的,杨素觉得这小伙子也不错,可也没把他太当回事。

这样的一个人,他的英俊和朝气也许会让杨府的小女子们心动,但是心动完了也就完了,一般情况下,她们也不见得就想跟他有更多的关系。

杨素是不行了,用那个文绉绉的词叫做"尸位素餐",杨府可想而知也是暮气沉沉,可是,待在那儿,就像二十世纪九十年代待在老国企里似的,不说多有身份,起码也是有身份证的。一旦离开那里,没准就没有了身份证,或者需要使用假身份证,不到万不得已,谁愿意冒这个险呢。就算从李靖身上,她们看到了希望,可是大多数人,是我老公那种性格的人,他决定不了,就会对自己说一声:"下次吧。"

红拂却是一个更在乎"这次"的人,她居然就冒着偌大的风险,跑去跟李靖勾搭上了,这倒也罢了,有很多女人即使没下定决心,也会伸头探探风头的,红拂的与众不同之处在于,她真的跟他跑了。

接下来的事尽人皆知,她跟着他,果然过了一段不敢使用身份证的日子,好在这种日子不长,生活回报得也比较丰厚,她后来成了诰命夫人还是啥,对于这类官职我总是记不清,总之,从一个没有身份证的人,摇身变成了一个有身份的人就是了。

不可否认,红拂的成功有运气的成分,假如她看走了眼,或者李靖自己的运气不太好,她就不会这么顺当,但是我相信,即使是这样,她还是会有办法让自己的人生很精彩的,她会迅速地找到并且使用下一次机会,从她的第一次表现就可以看出,她这人,不磨叽。

作为一个博览群书的人,我的兴趣当然不只限于这种八卦上面,我研究刘邦的生平,发现他的成功之道,也在于敢于选择、敢于决定,直至敢于胜利。比如说,开始起事的时候,萧何他们都更有资格当带头大哥,但是他们害怕事情搞砸了会诛九族,就将刘邦推出来耍,刘邦也就大咧咧地应下了。后来的很多事情上,他都延续了这种果断不纠结的性格,有的决定确实错了,导致严重的失败,但是,没关系,将这次失败PASS过去,大不了从头再来。

敢于抓住机会的人会比一般人有更多的机会,搞错三五次问题也不大，反正他们还有搞对十次八次的机会，一个机会，常常可以衍生出 N 个机会。而像我老公这种人呢，机会对他是这样的——某种小火锅，前面有个传送带，什么蔬菜啊、蟹柳啊、虾滑啊，不断地从面前传过，我老公总是想着下次吧、下次吧，结果那些虾滑蟹柳全被人家夹光了，剩几个烂菜叶子，他又懒得下筷子了，只能带着空空的肚皮，惆怅地回家。

说了半天，突然发现，我深更半夜的这番感慨，其实前人早说过了，不过就是那十个字："撑死胆大的，饿死胆小的。"唉，我还一直觉得这话挺俗的呢，要是换成另外十个字呢："人有多大胆，地有多大产"，好像气味又不太对了，说多错多，俺也洗洗睡吧。

不过，不过，让我冒死补充一句，我终于明白，那些厉害角色为啥私生活都那么乱了。

《立春》：亡命于理想的路途上

《立春》这部电影，很适合在大雾的冬日里看。

小县城的声乐女教师王彩玲，长得丑，却清高得很，她清高，是因为她志存高远，一直梦想着，能让她金石般的女高音，响彻华丽的国家大剧院。她一趟趟地朝北京跑，想把户口办到北京，被骗子骗走积蓄；她爱上年轻英俊的男孩，对方却觉得受到了亵渎；自以为与她相配的追求者，只换得她一个鄙夷的眼神。当她自己的梦想越来越缥缈，她遇到了一个自称患了绝症却声可裂石的女孩，她决定帮助对方，等到这个女孩终于功成名就，却告知她，自己并没有患什么绝症，只是这样说，才更容易获得关注。

这个不断陷入绝望的女人最后回到家乡，领养了一个腭裂的女孩，在街上卖羊肉，我不明白她为什么卖羊肉，是因为这个活儿比当声乐老师更挣钱吗？还是她以这种貌似立意从俗实际却更加突兀的方式，与过去告别？

几年前，看这个电影时，我想，王彩玲活得太清肃了，她杂乱起伏的生活里，其实只有一样东西，就是理想。任何一件事，都被她做得像个理想，严肃的、紧绷的、高蹈的、决绝的，她学不会放松，没有游戏精神，她总是欠起脚，去够那些宏大的东西，却不明白，退一步才是海阔天空，坐下来，才能悠游自得。

如果我是她，一定不会让自己陷入那种境地，首先让我们把理想放在一边，用俗人的眼光打量一下她的生活，她首先是个声乐老师，这个工作，是她胜任的，能给她带来成就感的，也是可以提供给她衣食所需的，有了这个基础，她起码就不用被生存压迫。

她还有一个宿舍，可以在宿舍墙上贴一幅画，或者在窗台上摆一盆花，可以把家具换个位置，或者把所有的家当都拭擦得一尘不染。她家门口有没有超市？或者小店也行，一定会有一个菜市吧，会有鲜活的鸡鸭鱼虾，有鲜艳的蔬菜，有不期而遇的各色小小惊喜，这些小物件带来的小快乐，就能让人获得片刻天堂。

广场上的日出，桥头落日，就是单位大院里，夜晚抬头一看，也能看到即使是寥寥可数的星辰……好吧，你说，为什么非要那么风雅？到教师节，或者年终，学校里会发点小钱吧，会发点土特产比如苹果梨子甚至是大白菜吧？带着这些小财物回家时，不也能感到生活的充盈与稳妥吗？为什么，非得去够那个叫理想的东西？它明明是奢侈品，不是必需品！

日本人把这些叫做小确幸,与不确定的理想相对的,小小的,却是确定的幸福。小确定拯救世界,别说理想受挫,就是老公外遇、小三入侵,我想我仍然能凭着这些乱七八糟的小确幸怡然地活下去。

我一直觉得自己这样想是对的。在黄昏时,走到小区门口的蛋糕店里,要一份提拉米苏,回来时特地绕到那个开放式的公园里,看人,看树,看楼群掩映着的天空,如果有很好看的云彩,我就很高兴,觉得一生就这样度过,也未尝不可。

然而,在过了第三个本命年之后,突然会想到,难道来世间一遭就是要这样消磨掉吗?待到走到生命尽头时,会不会觉得有点无聊?那一年去看纵贯线的演唱会,四个老男人在舞台上唱:

当车声隆隆　梦开始阵痛
它卷起了风　重新雕塑每个面孔
夜雾那么浓　开阔也汹涌
有一种预感　路的终点是迷宫

那首歌的名字叫做《亡命之徒》,听着,有冲动在心中生成,还有一些路,我没有走过,就已经放弃,有些话,没有成形,就自行消化,假如我将此处就认定是水穷处,将来老了,会不会后悔,后悔在很年轻的时候,就选择回忆而不是继续前行了?

又想起王彩玲,她的一往无前,她的破釜沉舟,她被人嘲笑的执着与绝望，何尝不是一种英雄主义，就算她最后带着养女在街上卖羊肉，也有一种英雄末路的悲怆，并以这种悲怆，宣布与现实的水火不容，她的内心依旧激越，没有隐退到林林总总的小确幸中。

辛弃疾写词说："却将万字平戎策，换得东家种树书。"平戎是理想，种树是小确幸，但是他真的能把自己安放在这种小确幸中吗？一转眼，又是"醉里挑灯看剑，梦回吹角连营"的不甘，这种不甘，是人生的磨难，却也是诗意所在，不见得每一种理想，都能够成真，但是亡命于理想路途上的这种诗意，足以供人栖居。

爱情是个好借口，让你接受自己的软弱，容忍自己的懒惰，你躺在哀怨的温床上，放弃了自我建立的机会，好像是得到或者没有爱情拖垮了你的人生，这样你就不必亲力亲为地承受各种挫败——我怀疑人们夸大爱情的意义，主要是好逸恶劳的本性使然。

尊敬自己，爱情才会尊敬你

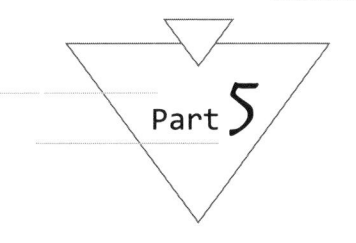

Part 5

那些有毒的爱情

许多年前的某一天，我在街角遇到一个老熟人，她失魂落魄，面色灰暗，精心化过的淡妆，也掩饰不了那种破败感。这么说吧，虽然那是一个春风沉醉的傍晚，但她有着一张仿佛被秋风肆虐过的容颜。

我们从前不算很熟，那一刻她却像抓住一根救命稻草，热切地邀我走进一家火锅店，在蒸腾雾气中，如我所料，她忍不住（其实我觉得她一开始就没打算忍）讲述起了她正在经历的爱情。

这里我不打算复述那故事，就是无数人都经历过的，那种既不能自主又不能自拔的爱情。我没法给她出什么主意，也知道她并不需要，在我礼貌性地表达了我的惊奇、同情、些微义愤之后，那顿被拖得太久的晚餐终于结束了。

后来很多年我们都没有再见面，直到不久前，我在一个饭局上再次见到她，多年不见，这一次，她容光焕发，神采奕奕，简直是旧貌换新颜。

那些拖累了她的五官的生硬线条统统消失了，嘴角上扬，眼角上翘，每个表情里都似有柔情蜜意，在她脸上，我轻而易举就解析出那种叫做自信的东西。她显然不想再跟我提那场邂逅，而我也在若干年前听说，她已经从她的爱情里破茧而出。

年华流逝，一个女人居然变得更好看了，因为什么呢？因为爱情，因为爱情的不再。谁说恋爱中的女人最美，恰恰相反，不适当的爱情只会让女人变丑，穷形尽相。

我的这个熟人是这样，那英也是这样。

前一向高峰打人以及涉毒事件是娱乐版的重头戏，作为一个早已退役过气的球星，他能上头条，是拜"前女友"那英所赐。新闻网页里配了他们的合影，两人抱着他们的婴孩，笑对镜头。我忽略掉其余，目光盯在十多年前的那英的笑脸上，即使像我这样的骨灰粉，也不得不感慨，那个时候的那英，真没现在好看啊。

当然不是说她整容了，眉眼还是那个眉眼，就是土，那种土，也不是不时尚，而是旧式女子的一种破败感。她依偎在高峰身边，望向摄影师，目光里有点怯弱，却又仿佛用示弱的方式宣布自己的主权，除此之外，便无别的内容。看着这张照片，你怎能想到，十多年后，她还会有这样精彩的呈现？幽默里透出善意，爽利中不乏温柔，举止投足间那份舒展，一看就知道，这个人，把自己过好了。

十多年前的那英，就像她那张脸，是个很奇怪的存在。她的性格亦如今天这样大大咧咧，我多次看见她在舞台上，久久地握着粉丝的手，热情洋溢到对方都不安。访谈中的她，同样快言快语，说话不过大脑，要是放在现在，一定会被定位成一个女汉子，但她在爱情中的表现，却比谁都小女人。

她与高峰那段长达十年的恋情，如一部死去活来的苦情剧，坊间不时有消息说高峰出轨，而这些传闻最终坐实的是，某酒吧老板娘为高峰生了个孩子。

这种大多数女人都不能忍的事，那英忍了，还非常正室范儿地放话说，如果那个孩子真是高峰的，她就认了。粉丝都替她不值，可是有什么办法呢，她爱他，这爱，就像黄蓉送给郭靖的那件软猬甲，当她真心交付，他便刀枪不入，她自己，则万劫不复。她有个哥们参加访谈节目，说有时候那英心情坏，别管什么时辰，一个电话就把他薅出来聊天。那哥们说得很欢乐，也许他们聊得也很愉快，但我脑补还原，总能听到欢声笑语背后的碎裂。

那英在歌里唱："就这样被你征服,喝下你藏好的毒。我的剧情已落幕,我的爱恨已入土。"她知情是毒，却饮鸩止渴，这是情爱作品里的经典形象，似乎有一种陨落的美。但它格局太小，与那英的真性情并不相宜，仿佛是她为了保存这种关系而将自己削足适履，自然很难好看起来。

结束了与高峰的那段关系之后,那英有一度沉寂,偶尔作为背景闪现,有点胖,有点老,有点憔悴,那是那段不适当的爱情的后遗症。但大气女子,终于走了出来,她神清气爽地站在众人面前,不用追问细节,就知道,她现在拥有的,是不会让她变丑的感情生活。

不适当的爱情,如毒,有快感,有毁损,明明是坠落,却自以为在飞升。那段爱情是那英的毒,如今她摆脱了爱情的毒瘾,高峰呢?他又要用多久,才能摆脱他的毒?

王子虽好，怎好过敞开做自己

伊能静的那场婚礼，处处都是文章。

首先是结婚日期定在"离婚纪念日"的第二天，任谁都能读出那"重生"之意；其次是强调这是她的第一次婚礼，伊能静发长微博感谢各方，尤其感谢"接纳我如己出的秦先生家人"。但凡你对她上一次婚姻稍有了解，就知道她感激的背后，有经年未化解的怨气。

相对于这些刻意之举，婚礼之后一条被偶然拍到的新闻更值得玩味，在某个酒吧门口，散场出来的她还没有High够，"明明座驾就在旁边，她看到一辆空驶出租车之后还恶作剧般地去拦"。照片上的她发足狂奔，在北京的街头扮演疾走罗拉。

她长发飞舞，笑容满面，加上那狂奔的姿态，恰如一十八岁的萝莉。我一时倒替她不安起来，赶紧翻找"秦先生"的表情，新闻里说，秦昊处变不惊，若无其事地帮同行者开车门，上车之后如何坐，还是听伊能静安排。

也是，敢娶伊能静的年轻人，必然非同常人，敢放肆一把的伊能静，也必然知道自己被对方接纳的程度。从某种意义上说，女人的年龄，不但跟自己的心理生理年龄有关，还跟你在爱人心中的形象有关，如果他觉得你十八岁，那么你就只有十八岁。

不免想起伊能静在庾澄庆身边的岁月，认识庾澄庆那年，伊能静货真价实的十八岁，最是青春飞扬的年龄，却因为她和庾澄庆的恋情被涂抹上晦暗的色调。

不是庾澄庆不好，相反，是他太好了，出身名门，一表人才，已经声名大振，居然从无绯闻，简直是偶像剧里的白马王子，伊能静不是公主，是灰姑娘。

据说伊能静的祖父也是政界要人，但到她母亲那一辈已经严重没落，她小时候家境不好，音乐天分是老天送给她的南瓜马车和水晶鞋，让庾澄庆得以在人群里看见并爱上她。在童话里，这就可以举行婚礼了，但现实中的灰姑娘要面对的不只有王子，还有王子他妈。

都说庾澄庆他妈不待见伊能静，也没人能说出个子丑寅卯来，但无疑，这在一定程度上影响了这段恋情的发展，恋爱几年，多半时间他们像在发展一场地下情。

伊能静的书里曾详细写过那些场景，他们约好去旅游，却得分头抵达，庾澄庆住公司安排的景观华丽的大饭店，伊能静住窗户狭小的小旅馆，还要在电话亭里听庾澄庆赞美房间的舒适。她怀疑自己让对方觉得很丢脸，所以不能出现在光天化日之下，她还怀疑庾澄庆对自己不够爱，有次她不无抒情地跟庾澄庆说，如果我将来不在人世，不管你和谁在一起，都不会忘掉我吧？这个想法让庾澄庆大吃一惊，他认为这世界上没有任何人值得另外一人付出生命。

且不说庾澄庆的回答牛头不对马嘴，起码太严肃太不解风情，伊能静写道："你说这话的时候宝相庄严，让我常有一种对你妖孽诱僧的感觉。"妖孽诱僧，这个词既感性又精准，李碧华的小说《青蛇》里写道："女人也希望她生命中有两个男人：许仙和法海。法海是用尽千方百计搏他偶一欢心的金漆神像，生世静候他稍假辞色，仰之弥高；许仙是依依挽手，细细画眉的美少年，给你讲最好听的话语来熨帖心灵。"在伊能静面前，庾澄庆便是这尊金漆神像，有人问伊能静，庾澄庆是怎样跟她求婚的，伊能静苦笑：我不跪下来向他求婚就不错了。

狮子座的庾澄庆，他的世界太严整太强大了，如莲花台上端坐的神，若肯低头对你一笑，就能让你心醉神痴，恍恍然化烟成雾。可是若是天长日久的厮磨，结发为夫妻，他总在你抬首方可看见的地方，容不得你一点造次，纵然你已打算低到尘埃里，心里也无法不感到不委屈。

传奇太美，经不起生活的揉搓，他们到底走到尽头。虽然以伊能静出轨结尾，但之前他们就已经离多聚少。离婚前，庾澄庆依旧表现得很好，不出恶语，陪母子俩去日本旅游，试图挽救未果之后就放手，他依旧保持着神一样的风范。他活在一个对的世界里，他一生一世就这么正确地有风度下去了，你能做到吗？假如你心里还住着一个十八岁的少女，住着十八岁时的委屈，你还想在街上狂乱地跑一跑，你一定，不肯这样轻易放弃自己。

如今这结局，算是皆大欢喜。庾澄庆成为永远的好男人，愿他遇到他的公主，伊能静在秦先生面前，放肆地弥补她被错过的青春。银幕上，灰姑娘与王子的聚合年复一年，千篇一律，相形之下，还是现实里这开放式结局更让人心喜，王子虽好，怎能好过敞开做自己。

沈复与芸娘，夫妻多年成兄弟

顾城的小说《英儿》里，提起过《浮生六记》，因为那里面有个女人芸娘，和小说里的雷米一样，不介意另外一个女人走入她与丈夫的二人世界，芸娘还热情高涨地帮丈夫纳妾，与美貌的雏妓互通款曲。

小说里的意思是：其实这样也可以。这种强调，已经有现代文人道德的迟疑，再朝前推一点，文人的说法是：其实这样多好啊！他们对芸娘如此地热爱与敬仰，一而再再而三地表彰她，帮她招来后世女权主义者的非议。

世界是由误会组成的。无论是表彰，还是非议，都与清代女子芸娘无关。如果你愿意了解她到底是什么样的，就应该远离那些典型事件，研究她生活的细枝末节，后者常常比前者更能表现真相。

好在，关于芸娘的细节，有不少被记录下来。

芸娘的事迹见于她丈夫沈复的大作《浮生六记》，

在这里让我先向他致敬,很少有男人花那么多笔墨去描述妻子活泼的性情而不是美好的德行。

在沈复的笔下,芸娘是一个多么可爱的女子啊,她热爱自然,流连于风花雪月;喜欢交朋友,闺密众多而且大多生动有趣;闲来也会和老公斗斗嘴,可惜温厚的性情使她常常处于下风;见到美好的事物便如醉如痴,和妓女憨园的一场情缘就可以归为此类。

沈复有个表妹婿,讨了个漂亮的妾,得意扬扬地跟大伙炫耀,搁那时,就跟现在的男人买了个新款跑车似的。芸娘却不以为然,品评曰:"美则美矣,韵犹未矣。"那位表妹婿正在兴头上,被浇了这么一瓢冷水,自然很不爽,就说,那将来你要是为你丈夫讨小老婆,一定是"美而韵者"了?

这话很有些揶揄意味,芸娘两口子都不是会过日子的人,他们那点家底,上哪儿娶一个"美而韵"的妾?偏偏芸娘就大言不惭地说,那是当然!后来她偶尔见到妓女憨园,后者亭亭玉立,恰如"一泓秋水照人寒",芸娘一下子被她打动,下定决心替丈夫把她娶回家。

芸娘的做法似不可理喻,那是因为她的婚姻本来就在常理之外。在那个年代里,做个好男人成本极低,《十八春》里的薛仁贵,把妻子丢在家里十八年,都还是众人眼里的好男人。要是能够举案齐眉,两口子客客气气,像贾政与王夫人那样,就足以做大众楷模,所以,婚内孤单,在当时非常普遍，而且，时人还觉得很有审美性，写了无数的闺怨诗来咏诵不已，他们喜欢一个女人像绣架上的花鸟那么寂寞。

沈复和芸娘的婚姻却不是这样。芸娘起初也曾是缄默而拘泥于礼教的女子，沈复想方设法逗她说话；芸娘迂腐，沈复若为她整袖递巾，她必站起来说："得罪""岂敢"，沈复笑话她说："你想用礼教束缚我吗？礼多必诈！"一番玩笑下来，"岂敢""得罪"竟成夫妻间打趣的语助词。

他们结婚二十三年，年愈久而情愈密。"家庭之内，或暗室相逢，窄途邂逅，必握手问曰：'何处去？'私心忒忒，如恐旁人见之者。实则同行并坐，初犹避人，久则不以为意。"

这些生活小节，其他的夫妻间或许也有。但沈复鼓动芸娘女扮男装随他游水仙庙，实在是仗义至极。芸娘向往那水仙庙："回廊曲折，小有园亭。每逢神诞，众姓各认一落，密悬一式之玻璃灯，中设宝座，旁列瓶几，插花陈设，以较胜负。日惟演戏，夜则参差高下，插烛于瓶花间，名曰'花照'。花光好影，宝鼎香浮，若龙宫夜宴。司事者或笙箫歌唱，或煮茗清谈，观者如蚁集，檐下皆设栏为限。"

她苦于自己是个女子而不能至，沈复就怂恿她着男子衣冠，脚踩蝴蝶履，做拱手阔步状。其间芸娘几番迟疑，沈复强挽之而去。不消说，那一晚芸娘非常快乐，观灯赏花的快乐之外，还有小小地逾礼而生出来的自由的快乐，她的丈夫，不肯将她束缚在朱门之内。

芸娘因此逐渐豪阔大方，她原本是薛宝钗的范儿，逐渐被沈复挖掘出史湘云的风采，沈复帮她挖掘出很多作为"人"而不只是"妇人"的快乐。最好的爱就是这样吧，不是愿意给你更多，而是愿意带你领略更多，帮你变成一个更善于体验生命乐趣的人。

古往今来的那些丈夫们，未必不爱他的妻子，只是那爱必须符合他自己的利益，不能与他无谓的安全感冲突。更多的时候，他们将妻子作为一个宠物、一个合作者来爱，将对方打造成自己需要的样子。就像娜拉的丈夫，他们总是搞不懂，一个宠物、一个合作者，为什么还会有寂寞这种体验？

沈复与他们不同。我若是芸娘，也要回馈于同等的仗义。在那个年代里，纳妾是合理之事，但妻子们皆反感，因为这与自己的利益冲突。即使因不得已的原因，帮丈夫弄个女人来家，也多半是选好控制的良家女子。

芸娘却不同，沈复待她，未曾有一点私心余地，她对沈复，亦是不遗余力，夫妻多年成兄弟，她一定要为他觅一个"美而韵"的佳人——说下大天来，男人都是不拒绝美女的，在纳妾成常态的时代里，芸娘并不需要沈复为婚姻而存天理灭人欲。这是原因之一。

原因之二是芸娘骨子里亦有不同寻常的热情与浪漫，她喜欢美景、美文、美人，看到憨园，就像贾宝玉看见那个红衣少女，想着怎么把她弄到自己家里就好了。芸娘愿意想象三个美好的人共同生活的图景，浪漫的人执迷于生命中形形色色的美，对于有可能带来的危害，从来不愿意多想。

她热情高涨，以她自己的方式，结交憨园，居然真的将憨园说动，口头上答应了她。

打那以后，她每天张口闭口全是憨园，面对这种可爱的喋喋不休，沈三白也只有啼笑皆非的份吧。但是，她的热情终究不能改变世间规则，憨园的母亲不答应，将美貌的女儿另嫁有钱人。

芸娘大病一场，后来她公公用这件事做借口，将她撵出家门，她一生的颠沛流离都是以此而起。她想不通憨园的薄情，多少年之后，她弥留之际，念念不忘的，还是"憨园负我"，对于深情而单纯的她来说，这是一个巨大的嘲弄。

林语堂说，芸娘是文学史上最可爱的女人。他说这话，倒不是为了表彰那狗屁的"不妒"美德，她的一切行为，都不可以做世俗之内的解释，而更像《红楼梦》里的女子，万般惊世骇俗，都出自烂漫天然，在中国文学史上，她是一个终生保持少女风貌的女人。

少女和妇女的区别在哪里？我觉得是警惕与禁忌，当一个女子开始有所警惕，懂得规避生活中的各种禁忌时，她就是在朝妇女转型了。像芸娘这样的女子，她的字典里永远不会有这两个词出现，总是听凭心灵的指引，按照直觉行事，即使满面风霜，脸上的笑容依然像少女一般透明。在普遍紧张兮兮的古代社会里，这种轻盈的姿态自然要遭到阻挡，于是，她们的脚步变得跌跌撞撞。清代女子芸娘的一生，就可以视做一场受阻的舞蹈。

中年黄蓉的婚内寂寞

吾友思呈君有个高论,一个女人的精神面貌映射着她的婚姻状况,若她婚后变得生动有趣,可以证明其婚姻质量很高。要是这个理论可以成立,那么,黄蓉与郭靖的婚姻,也许并不像金庸大师陈述的那么完美。

众所周知,婚后的黄蓉就像中了贾宝玉的诅咒:"未出嫁的女儿是颗珍珠,一旦嫁了汉子,就变成死鱼眼珠子了。"古灵精怪的小女子,突然就变成乏味世故的中年妇女,除了和丈夫联手守城这大方向不错,细节处乏善可陈,无聊到去找杨过小朋友的麻烦,保守的审美,局限了她的理解力,窃以为,这种从"珍珠"到"死鱼眼珠子"的变化,正是黄蓉为她的婚姻付出的代价。

她和郭靖的差别,在最初定情时就可以看出来。为了哄洪七公教郭靖武艺,她使出浑身解数,整出一套"舌尖上的中国文学"。五种肉条拼出"玉笛谁家听落梅",荷叶笋尖樱桃鹌鹑煮成"好逑汤",竹笋与咸梅凑成一道"岁寒三友",再加个鸡汤,就是"松鹤延年"。老叫花子洪七公极赞黄蓉的"稀奇古怪",喜得直说:"你这稀奇古怪的女娃娃,也不知是哪个稀奇古怪的老子生出来的",还遗憾自己"年轻时怎没撞见这么好本事的姑娘",算得黄蓉的半个知音。

"知音如不赏,归卧故山丘",黄蓉烹制美食,虽有其功利性的目的,但在那过程中,她曾费尽心思,力求完美,当这所有的巧心思,都被对方悉数领会,黄蓉当会在功利的目的之外,有属于她个人的欣喜。

可惜这样的欣喜,不是她爱的人给予的。郭靖对于菜好菜坏,"不怎么分辨出",洪七公都摇头叹息:"牛嚼牡丹,可惜,可惜。"

把这一幕推想开来,郭靖不懂的何止是黄蓉的厨艺。

作为黄老邪的女儿,黄蓉多才多艺,更重要的是,她不但掌握了这些技艺,还深爱这些技艺,否则就不会煞费苦心地制作那些风雅菜名,那些并不属于讨好洪七公的那部分。而对这些,郭靖统统不会懂,连带着对她的七窍玲珑心,都不能懂上分毫,"牛嚼牡丹"的场景必然一再发生,久而久之,必然会有那种叫做寂寞的东西产生。

那种寂寞不是没有人陪伴,而是,有个人近在眼前,他却完全没能力没愿望去懂你,现代人称之为"婚内寂寞"。可以想象,那样热爱美食文学及各种风雅事物的黄蓉,当她经历过热恋的激情,步入平稳的婚姻,与完全不在一个频道的郭靖朝夕共处时,她很难不遇到这种"婚内寂寞"。

在情感论坛上，我们可以看到很多女人抱怨这种"婚内寂寞"，痛诉各种狗血过招。情商高如黄蓉者，当然不会出此下策，假如她不想放弃这份千辛万苦得来的婚姻，她对郭靖的爱还在，她就只能放弃曾经的那个自己，去关心他所关心的事。即便自己原本是朵奇花，也要作为树的形象和他站在一起，和他一起守城，和他一起凛然大义，当她收起自己的小情调，得到了丈夫的心，还解除了自己的"婚内寂寞"，变成这样一个黄蓉，就不足为奇了。

奇怪的只是，聪明过人出身优越的人，为什么要选择这样一种生活？固然是因为爱情的魔力，但她又为什么会不假思索地爱上郭靖这样的男子？不能否认，这里面有金庸大师的主观愿望，但读者丝毫不感到异样，还是因为，这种组合背后有它的内在逻辑，在现实中屡见不鲜。

相对于黄蓉的另外一个追求者欧阳克，郭靖的条件不算好。从俗里说，欧阳克出身名门，他名义上的叔叔实际上的生父欧阳锋和黄老邪既是对手也是世交，他本人生得也还好；从雅里说，欧阳克品位不算差，亦颇懂风雅，虽然邪恶了点，但黄蓉本人也不是慈悲为怀的人，初相见时郭靖都感叹她手段毒辣，倒不见得就计较欧阳克的道德缺陷。

可以想象，若不是黄蓉从一开始就屏蔽了欧阳克，黄蓉和他的共同语言应该多过和郭靖的。

但黄蓉偏偏就看上郭靖看不上欧阳克，这不是先来后到的问题，当黄蓉和父亲闹翻，委屈地离开桃花岛，她注定只会选择郭靖这样的人。

因为和老顽童周伯通聊天，黄蓉被她父亲骂了一顿，她负气出走。都说了黄蓉情商非常高，按理不该有这种无知少女式的举动，她如此激愤，应当是黄老邪的翻脸，激起了她内心深处对父亲的不信任。

书中是经常表现他二人父女情深，但我们不要忘了，这俩人都是聪明绝顶之人，太聪明的人，都常常会显得凉薄。原因有二：一是聪明人自我强大，若不是确有所感，他们不大会被那些"应该的"规矩道理束缚，去演什么情深义重，这是他们的真；二是他们不像世俗中人那样依赖人际关系，而很多情意却是在人际交往中摩擦出来的，太聪明的人，过于特立独行，就少了那么点黏着性。

两个聪明人在一起是一场灾难。黄蓉父女，不大可能像普通父女那样彼此深信。聪明人想得多，即便父亲对她非常疼爱，她仍然会怀疑自己得到的不是一份无条件的爱。正是这样一种缺失感，让她离家之后索性扮作小乞丐，而她内心，确实感到相似的凄凉。

这是一种赌气式的撒娇，对父亲，也是对生活。但这也正好促成了她的心愿，正是借助乞丐的扮相，她得到了一份无条件的爱。

与黄老邪正相反，郭靖不聪明，不风雅，也没那么特立独行，他因此无形中特别依赖人际关系，也因此，他经常不由自主地表达对他人的善意，并像雷锋一样，在这种表达中得到快乐。他爱上黄蓉而不是华筝，后者不懂得示弱，不会像前者那样，给他表达善意的机会——这点上女人们真应该向黄蓉学学，她太明白怎样让她的男人感觉良好。

初次见面，黄蓉像个饭托一样，点了一大桌子美味佳肴，点了也不吃，换个地方又点，要是黄老邪式的男人早烦了，换别人没准都要报警了。郭靖却懵懂不觉，只是觉得和她聊天比和华筝聊天愉快。宝马貂裘，但凡她需要，他都慷慨给予，即使她扮作一个脸上抹满了煤灰的乞丐弃儿，他对她都是那样好。

他们在一起，她永远不会对他起像对自己父亲的那种疑惑，即便有时也难免有误解，她心中是笃定的，她不需要去猜他的心，当然，她也不用担心他去猜自己的心，当她以小女人的姿态依偎在他身边，她清楚，一切其实都在自己的掌控之中。

相对于这种笃定，"婚内寂寞"算什么呢？纪录片《舌尖上的中国》里，那个女人本来对人生有太多梦想与规划，都轻易放弃了。她轻描淡写地说，女人嘛，不就是找个好男人过个安稳日子嘛。她说得没错，但我还是在心中为那个有梦想的少女默哀了一秒钟。她是黄蓉的家常现代版。

在这风险多多的世间，每个人都要为自己内心的不安付出代价，若你寻求绝对的安全，那么世界上的男子就会只剩下两种，不解风情的郭靖，和不靠谱的欧阳克。魅力与风险画上等号，懵懂则意味着地久天长，牛郎织女的故事在世间流行，当人们用祝福的目光看着七仙女和董永夫妻双双把家还，疑似欧阳克的男子则被永久性屏蔽。

　　七仙女会有寂寞的时刻吗？若织女的世界与牛郎的不能高度重合，爱情能否填补之间的全部空隙？黄蓉没准比仙女的心灵更丰富，懂得更多。可是，假如不能解决内心的不安，懂得再多又怎样？她的聪明，并不能提升她的生活。

　　到什么时候，女人们的选择，从"对我好"，变成"他很好"，除了寻求安稳，还要以互放的光芒将生命照亮。到那种时候，婚姻中的磨损才能转化为滋养，女人也许才能真正地解除"婚内寂寞"，成长为保持着珍珠光泽的妇人，而不是宝玉嘴里的"死鱼眼珠子"。

分手了,我还是想和你好好的

2014年10月,杨树鹏以在微博上发表《一封情书》的形式,宣布和张歆艺分手。当时看这篇短文,只觉得腔调十足而又不知所云,"我们相爱,我们分开,就是这样"——既然相爱,干吗要分开,难道是闲极无聊离个婚玩玩?文艺青年真能整幺蛾子。

直到张歆艺默认了她和袁弘的传闻,爆料人言之凿凿地说,张歆艺就是为袁弘离婚的,离婚前,他们刚合作过。这消息如一道光芒,照亮了那封信里所有晦暗之处,原来每一句话都不是瞎煽情,而是有所指。梳理一下字句,不难复原当时的场景。

"我走到你面前说,咱们聊一块钱的吧。你放下剧本,咱们开始聊,让那个下午变得无比漫长,我和你热烈地讨论着我们的迷惘和困惑,渐渐地,我们开始替对方说话,帮对方申辩,就像两个在饭馆里抢着付账的人,脸红脱子粗,说尽了对方的好话,毫无保留地进行了自省。接着,我做出了这个决定,并且说服你接受了这个决定。"

这场景让我想起谁？对，就是已经被说滥了的林徽因和梁思成。当林徽因发现自己爱上了金岳霖，她居然哭丧着脸，去向丈夫梁思成请教。梁思成考虑了一夜，对林徽因说，老金比我更适合你，我成全你们。他的做法虽然足够大度，可我更喜欢杨树鹏这个版本，我很想知道，那个下午，他们是怎样热切地讨论的，他们的话题延伸到爱情的哪些个层面。有过这样一场讨论，杨树鹏的放弃，便不只是一种高风亮节，而是对人生，有一种清明的认知。

"这一段路上，我们努力走过，走不动的时候，要有停下来的能力。缺乏勇气，选择沉默，才是最残酷的事情。"这样一种清醒，是那些大骂张歆艺，还让袁弘"滚出娱乐圈"的人，所不能懂得的。

差别只是对于爱的理解。爱情到底是什么？有人看成是赞美，是允诺，在杨树鹏眼中，却是人生里的一种修行。两个人，一道修习爱情这门功课，从中获得生命的体验，不再被爱，也只是体验的一种，甚至是体验的深入，而不是被羞辱、被放弃和被剥夺。

人活宽敞了，就有这种智慧。这种宽敞，和财富无关。张柏芝和谢霆锋离婚时，那场纷争至今令人记忆犹新；董洁、潘粤明亦是你来我往，谁也不甘心让对方说最后一句；更有甚者如黄奕和黄毅清，双方都使出了十八般武艺，尤其是后者，大有和汪峰抢头条的决心……闹到这个份上，便不只是爱与不爱，而是肯不肯吃亏，双方都觉得自己受了大委屈，要为自己讨个公道。

如果你更看重爱情本身，就不会这么委屈，不会因分手幻灭了一路上的喜悦、战栗、彷徨与悲伤，它们依旧是繁花累累，开在你的那一程人生里。像杨树鹏的那个比喻："我们用三年时间堆积的曼陀罗，也要抹去了，但是它的意义留在心灵深处——我们走过的道路、打过的怪兽、旅行所经之地、海洋和花朵、云和幻想，都还在心里"。

这才是爱情的意义。无论它或走或留，给予我们的，都应该是这样的无限丰饶，而不是一片狼藉。普通人因为生计艰难，利益捆绑得过于紧密，不能如此豁达。明星和富豪们，在拥有了足够多的资源之后，还要钻那个牛角尖，再大的场地，也不能让他们打开局限。

好在，娱乐圈里，像杨树鹏这样的明白人越来越多，王菲与李亚鹏离婚之后，李亚鹏肯祝福王菲的新感情，王菲也愿意为李亚鹏的公益事业摇旗呐喊。冯绍峰和倪妮这一对曾经非君莫属的人儿，不久前也宣告分手。有好事者根据他二位名字的特点，写了个段子："'如果将来离开你，我名字倒着念。''我也是。'"立即获得倪妮俏皮转发："峰绍冯，说你呢。"冯绍峰愉快接腔："妮倪，你叫谁？"如老友调侃，毫无芥蒂，即便很快传出冯绍峰已有新欢，那又怎么样？假如你对爱情无我执，就会随喜它一切转变，如看溪水，顺势流转，随它去自己想去的地方。

在前日的一次活动上，赵薇说："我是一个对婚姻不抱期望的人……"，此语一出，围观者哗然，以为她对婚姻很悲观或是很不尊重，殊不知，没有期望才是最大的尊重，无待意味着你是抱着一颗没有私欲的心进入的。同样，真正信仰爱情的人，也不会放入太多期待，此刻既是永远，一得便是永得。你曾那般馥郁过我一段人生，即便分手了，我也想和你好好的。

王宝钏和她的中国式父亲

隔壁同事的手机铃声，是一段高亢的闽南语唱词，好听，但不知唱的是什么。有天看《中国好声音》，里面有个小姑娘唱的正好是这段，才知道原来是讲薛平贵和王宝钏："我身骑白马走三关，我改换素衣回中原，放下西凉无人管，我一心只想王宝钏。"

等到那同事的手机再响起时，我总会有点分神，内心默默地吐槽，那位薛平贵，对王宝钏有这么深情吗？张爱玲都说了："薛平贵致力于他的事业十八年，泰然地将他的夫人搁在寒窑里像冰箱里的一尾鱼。有这么一天，他突然不放心起来，星夜赶回家去。她的一生的最美好的年光已经被贫穷与一个社会叛徒的寂寞给作践完了，然而他以为团圆的快乐足够抵偿了以前的一切。"

她说那部演绎了薛平贵和王宝钏所谓爱情故事的京剧《红鬃烈马》，是"无微不至"地表现了男人的自私。

但这个自私的男人，却是王宝钏自己选的。她斩断所有的过去，过去里的社会关系，在他还是一个乞丐的时候，选了他。

一个上流社会的女人，遇到一个乞丐，便将千金之身轻许，这背后，总应该有点什么吧？

在金庸小说《天龙八部》里，这背后的东西，是背叛，对于背叛者的背叛。段誉他妈刀白凤恨透了丈夫段正淳的不忠，以和偶遇的乞丐发生关系来报复。

在《红鬃烈马》里，这背后的东西，却被轻易地带过，宰相之女王宝钏在花园里遇到一个名叫薛平贵的乞丐，没说上几句话，就慷慨赠金，并指点他过几天来抢自己抛下的绣球，三言两语间，就将终身轻许。

古代戏剧里不乏一见钟情的故事，但崔莺莺也曾犹豫，杜丽娘更是独自低回，谁也不曾像王宝钏这样迫不及待，以至于她让我有这样一个感觉，与其说她急于投奔她的爱情，不如说她急于借助某个途径，向父亲展示自己对他的背叛——她的父亲，当朝宰相王允像一切父亲一样，指望她嫁一个门当户对的人，就她的能力而言，没有比选择一个乞丐，更为痛快的反击了，这意味着她对父亲那个世界最为彻底的轻蔑。

她的父亲王允，确实也是个让女儿很难忍住不去反击他的父亲。

他一登场，俨然就是手握女儿命运的君主，王宝钏看得十分庄重的抛球招赘，在他眼里如同儿戏，随时可以一笔勾销。他不由分说地要求女儿更换人选，并告知已经为她相中了新科状元。当王宝钏反对，他也没有一丝耐心倾听她的意见，立即勃然大怒地说她"该掌嘴"，他像以前那样以为胜券在握，一步步地逼近女儿的底线。

这种家长式的做派，在今天也毫不陌生。不难想象，他的暴脾气，一定如此这般地发作过无数次，因为他是一家之主，因为他在外面吆五喝六。但与过去不同的是，这次，王宝钏有了与父亲对抗的筹码，不是她选择的薛平贵，而是她对薛平贵的选择，对于贫贱的选择。当她下定决心与父亲背道而驰，王允的权势威仪就变得无足轻重，置身于无立足地，她不用再害怕这个咆哮的男人。何况这一次一个"义"字握在她的手里，她认为，她有了可以和父亲抗衡的能力。

最终，她脱下父亲的地位为她挣得的两件"宝衣"，丢下她给父亲的道德差评，扬眉吐气地离开相府，投入她的新生活里。

她并没有得到幸福。如我们所知道的那样，结婚不久，薛平贵就开始奔他的事业，辗转腾挪到西凉，当上了那里的王。虽然他也有诸多的不得已，但绝不至于十八年里，没有机会打听她的音讯。说到底，还是因为，身为中国男人，他总要把事业放在首位的，须要等到功成名就，他才会想起寒窑里等待他的那个女人。他那突起的归心，你很难说，是为了她，还是为了那突然被记起的曾经贫寒潦倒的青春。

他快马加鞭地往回赶，出现在她的面前，如果是美国电影里的情节，他应该立即上前去拥抱她。但不知怎的，他突然有了一种猫戏老鼠般的兴致，谎称是她男人的战友，跟她开了一大通玩笑，直到她翻脸，才上前告知，自己就是她苦等十八年的那个人。

她当然原谅了他。他把她带回西凉。张爱玲说她"在一个年轻的、当权的妾的手里讨生活。难怪她被封了皇后十八天之后就死了，她没这福分。"也有人看不得这结尾，要改成"从此他们过上了幸福的生活"。但不管是哪一种，无疑她这一生，没有真正地幸福过，虽然她从她父亲的家庭暴政里逃了出来，但她投奔的这个男人，与她父亲哪有什么本质上的区别呢？

他们一样不曾重视过她的感觉，把权势看得比天大，只是后面这个，是她自己挑的，她要为他圆谎，要无条件地接受他的一切主张。如果她有一丝怨恨，就是向父亲认了输，假如说一个好父亲是一个女孩人生里的第一桶金，一个糟糕的父亲，就是一个女孩终身都不能切割的不良资产。

有个好父亲的女孩，是林徽因那样的，打小被珍视，让她也懂得自珍，不会被他人的热情蛊惑，她知道真正的爱是怎样的，她要审慎地选择，矜持地决定，她选择的男人，会像她父亲那样珍惜她。

没有父亲好好爱过的女孩，则是天生的亡命之徒，即便金尊玉贵，内心依旧一无所有。她没有体会被爱的温柔，不懂得被爱的好，她不会为自己挑男人，人生里更为重大的主题是背叛，她一意孤行、却也是别无选择地将自己的人生变成了一场不幸的马太效应。

　　表面上看，王宝钏赢了，她父亲在她面前也不得不低头，但她下的注太大，拿出自己的一辈子去赌，终是得不偿失。而她的父亲，难道又真的希望她如此不幸？但这位中国式的父亲，他最多只是承认自己看走了眼，没看出女婿能干出这么一番事业，他的扬眉与低首，依旧是建立在对于权势膜拜的基础上，绝不会从一个父亲的角度做丝毫的反省。

林凤娇，你如何还能这样的温柔

房祖名出狱后的记者发布会，林凤娇没有到场，他说害怕媒体所以没让妈妈出现。这句话差点看得我眼眶一热，一个心疼妈妈的年轻人，犯了错，上帝也会原谅的。而林凤娇，正是一个特别值得心疼的妈妈。

房祖名被捕后，媒体报道林凤娇每天去北京灵光寺烧香，叩首万次。想象那场面，树静鸦寒，烟雾缭绕，素衣素颜的林凤娇面色虔诚，一次次跪下又起身，为爱子祈祷。

我承认这想象有点太戏剧性，但也是因为林凤娇的形象，太适合嵌入这种气氛中。数年前，在房祖名的一个活动上，镜头突然扫到台下悄然坐在角落里的林凤娇，她着简单白衫，微微笑，眉眼已经老去，但老得洁净安然，相对于很多靠玻尿酸苦苦支撑的脸，她老出一种无欲无求的美。

她应该是周国平心中美感不打折的女人："温柔的情人，体贴的妻子，慈祥的母亲"，她有着被周国平定义的"女人天性":"只有一个野心,骨子里总把爱和生儿育女视为人生最重大的事情。"但这种不打折的美,底色却是如此悲伤。林凤娇的美,就像小人鱼的舞步,曼妙的每一步,都踩在伤痛上。

余生也晚,开始对娱乐八卦感兴趣时,世间只有林青霞。林凤娇,更多的是作为美丽底纹存在,人们话林青霞当年,总要说到,当年还有一个林姓女星,能与林青霞双峰对峙二水分流,再加上当时还是小鲜肉的秦汉秦祥林,组成二林二秦的华丽阵容。后来,林凤娇突然退隐,她做了成龙的女人。

由于林凤娇的低调,以及成龙的耻于谈儿女情事,坊间罕有两人相处细节,但是我们可以从成龙和邓丽君的恋情,推断他在情场上的表现。成龙曾经主动向媒体爆料,当年他和邓丽君在一起时,仍喜欢弄一堆小兄弟做跟班,这让希望享受二人世界的邓丽君很受不了。再加上邓丽君活得太优雅,他那帮小兄弟则嘻嘻哈哈没正经,根本不是一个频道上的,他的小兄弟说,邓丽君做不了大嫂。

成龙重义多于情,江湖世界,义是台阶,情却是消费品,成龙一辈子都是个处于奋斗期的人。

林凤娇能够和他在一起,是经过了"义"的检验,他的小兄弟说,林凤娇像大嫂。他娶了她,但排序依旧靠后,直到小龙女事件爆发,他被千夫所指,她温柔如昔。在林凤娇也许是情,成龙看到的却是义,成龙说我以前还挺怀疑的,从此后就把财产交给她打理。

他们的关系,依然在成龙的语言框架里。义能撑起一片江山,却无法经营好一个家庭。这是我始终对房祖名抱有同情的原因,几米有本漫画说,所有的错,都是大人的错。

林凤娇错在哪里呢?也许要怪她太美太温柔,让她失去了在家庭里校正的能力。

不妨将她和希拉里做个对比,她们都很大度,能够在关键时刻力撑丈夫,但两种原谅完全不同,希拉里能够对克林顿做出校正,她是做事的女人,有那个力量。林凤娇有什么可以凭恃的呢?她那孤注一掷的爱,使得她从此只能听天由命。

说到底,林凤娇的美,太古典了,像古诗里写的那种:"梳洗罢,独倚望江楼,过尽千帆皆不是,斜晖脉脉水悠悠,肠断白蘋洲。"将所有的关注点全放在爱上,美则美矣,是不是有点浪费人生?

还是另一个女明星说得好:"美不是一切,它很浪费人生。美要加上滋味,加上开心,加上别的东西,才是人生的美满。"她是张曼玉,她不是体贴的妻子、慈祥的母亲,也没标榜自己是温柔的情人,她把时间放在别的事情上,比如,唱歌。把好好一首歌唱成神曲,她也不在乎,只说这是自己想做的事,请求世人再给她一些时间。她也许不符合周先生的审美，但在我看来，她美得很现代也很有力。

我不是要否定林凤娇的选择，我不觉得她过得幸福，但幸福不应该成为人生里唯一的追求，只要她觉得值得，旁人就没有置喙的余地。我反对的，只是将个人的情感选择，变成所谓的审美，甚至于推向道德高地，变成一种范本，像一道长长的白绫，试图去裹卷新时代女性的灵魂。时代会告诉你，我们，再也回不去了。

《简·爱》：所有的正室，都是疯子

吃早饭的时候，冒出一个念头：《简·爱》里，罗切斯特的妻子，真的是个疯子吗？

书里白纸黑字点名了她是个疯子没错，但是，不要忘了，这是一部第一人称的小说，作者完全站在女主角立场上的，她觉得那位正室是个疯子毫不奇怪，用现在的话说，在所有厌烦了妻子的男人的口中，想要登堂入室的情人心中，正室都是一个不可理喻的女疯子吧？

看过一段关于这部小说的背景材料，说作者夏绿蒂做家庭教师期间，爱上了一位有妇之夫，心灰意冷地结束那段生活后，她写下了这部小说。那材料上没说对方的妻子是不是个疯子，但我想，是不是都没有关系了，反正夏绿蒂的小说里，一定会出现一个疯掉的正室的。

回头再想这部小说，处处都见四个字，叫做"正中下怀"。这是一个平常的女人，眼中最合理的世界：

暗恋的男人的妻子一定是个女疯子；现任女友漂亮富有但是一定愚蠢，而且不忠诚；女管家倒是很忠诚，但也一定很愚蠢。总之，这个男人身边的女人，没有一个赶得上自己的。

但是，也有一个强有力的对手，就是男人的女儿，没办法，方鸿渐曾叹为什么所有可爱的女孩都有个父亲呢？爱上中年男人的女人也许同样要叹，为什么所有有魅力的男人都要有个女儿呢？谁都知道，女儿是父亲前世的情人。况且，天下的小女孩，只要不是特别刁钻，总有几分可爱的。作者实在不好意思再把这小姑娘写得太邪恶了，只好说她确实有几分可爱，但是，也愚蠢，这倒也罢了，作者还看出，小女孩身上有娘胎里遗传的轻浮——她是男人的私生子，一个法国舞女所生，即便如此，夏绿蒂的火眼金睛仍让人倒吸一口凉气，这，简直是后娘般挑剔的眼光了，这还不算，作者还借罗切斯特之口暗示，这小姑娘可能都不是他的种，是被那个不负责任的女人硬扣到他头上的。

啊，所有的障碍都扫清了，罗切斯特的世界里，只有简·爱一个女人，咱们还能意淫得更过分些吗？当然可以，于是，我们继续看到，欺负过女主人公的阔亲戚都倒了霉，她自己则继承大笔遗产成了有钱人，万恶的疯婆子葬身火海一了百了，罗切斯特虽然瞎了一只眼，可是这下简·爱拥有了绝对优势，还实现了道德圆满。

要不说写小说是一件很快乐的事呢，想夏绿蒂结束那段无望的爱情时，心情该有多么沮丧，而在写这部小说时："当时戏言身后事，如今都到眼前来",想着那些书写的时刻,有风还是有月光?她在笔下的世界里从容穿梭,有时甜蜜,有时伤感,有时正气凛然,有时志得意满,她用文字成全了自己。

假如生活欺骗了你……没关系,假如你是个会写字的人,就用文字去欺负生活吧,按照自己的心意,把它捏圆或者捏扁。这么说好像有点俗,但俗的东西才能发扬光大。《简·爱》本身就不用说了,之后又有多少小说向它致敬啊?琼瑶的《庭院深深》里,家庭女教师碰上了瞎眼的有型男主人……张爱玲的《多少恨》里,家庭女教师遇上了有个没文化的正室的男主人……不过这二位都没把那位正室写得特别糟,更没把男人的女儿写得很恶劣,到底是借来的故事,跟小说中人无冤无仇的,哪有夏绿蒂感受那么深刻呢。

你会不会爱上一个美貌的男人

唐僧师徒四人前往西天取经，进入女儿国国界，美貌多情的女儿国国王看上了唐僧，无奈唐僧心意如铁，美人与江山都不能将他打动。厚脸皮的猪八戒上前自荐，女儿国太师嫌弃他相貌丑陋，猪八戒老师当即口吐金句："粗柳簸箕细柳斗，世上谁嫌男人丑。"

估计是这道理让对于男性社会缺乏了解的女儿国太师哑口无言，识相的孙悟空忙截住话头："呆子，勿得胡谈……"一声断喝，打断了对这个话题进行进一步探讨的可能性。

呆子的呆，只是外表，这句话里，透出十足的眼明心亮。别国的情形我不知道，起码在中国，男人的相貌，在婚姻市场上最多只能算是锦上添花而非必要条件，有时候，一不小心，还会起到点反作用，比如我多年前见过的那个乡村少年，就不幸陷入这样的命运。

也就是在我听到猪八戒老师的高论的那一年，因为神经衰弱，我在医生的建议下休学一年，我奶奶把我带到乡下她娘家，我于是有了坐在厨房里听村里女人讲八卦的机会。

只说他们村有个少年，十七八岁年纪，相貌十分英俊，有点像当时正在走红的电视剧《新星》里的男主角，周里京扮演的县委书记，在那个娱乐业不十分发达的年代，男神指数可跟不久前大红的都教授相提并论。

这少年也知道自己长得好，就想把自己变得更好，他的头发总是梳得很顺溜，鞋子也竭尽可能做到干净，我不知道他用了什么办法，让衣服上露出的补丁比别人要少一点。

村里的女人们，明显对他另眼相看，提起他，语调都变得不同，或打趣，或嗔怪，口角间总带着几分春风，我那时虽然不谙世事，但我的八卦天分，已经使我心知肚明。

我在那个村庄住了大半年，因此得以耳闻目睹该少年征婚的全过程。春天来的时候，他父母张罗着该给他娶亲了，而我奶奶由于人脉广，还兼任村里的媒婆，但是在那少年焦虑的母亲面前，我奶奶史无前例地露出为难的表情，她竟然想不出来一个合适的对象。

那个春天，我眼睁睁地看着我奶奶做成很多媒。比如把村里的一号村花，介绍给邻村村支书已经在部队里提干的小儿子；比如把某个出了名的贤淑少女，介绍给村小学里的耕读教师；也有家庭条件一般的，可是人家"实在、本分"，被提亲的女孩犹豫了一晚，第二天对父母点了头。

只有这位少年,长期滞销,我不知道他是否了解自己的行情,却总隐隐感到他眉梢眼角添了几分落魄。

直到我离开那个村庄,我那神通广大的奶奶,也没能将少年顺利脱手。我奶奶说,单是长得好也不是很要紧,主要他太喜欢拾掇自己了,说了几家,人家女孩子都觉得不太可靠。

很多年之后,我奶奶已经过世,我很后悔没有将这位少年的情感婚姻状况打听得更仔细一点,否则就可以做一篇关于女性择偶的田野报告。这个小小的村庄,其实是大中国的一个缩影,我们从中可以看出,在一场择偶事件里,女人最注重的有哪些?

有人说首先是成功,比如那个已经提干的军人,身上就有着成功的光环,在当地少女眼中,没准距离当今的王思聪相去不远,因此成为美貌少女的首选——假如说成功的男人背后往往站着伟大的女人,美貌的女人背后则必须站着成功的男人。

选择耕读教师的那位,貌似品行更为高洁,但如果不是真的求知欲满满,人们对知识的爱慕背后,往往是对成功的预期。段子手们使尽十八般武艺试图伤害"知识改变命运"这句话,但综几千年之经验,它仍是颠扑不破的真理。

至于看对方"实在、本分"的,更是从古至今群体浩大的一类,从下嫁牛郎的织女，到看上卖油郎的花魁，再到不久前《101次求婚》里和黄渤拥吻的林志玲（这里我必须冒着恶俗的风险说一句，那画面太美我真是不敢看啊），有人说这是男人的意淫，但事实上，无论是网络上，还是生活中，有太多太多女人声称，我就是图他个人好。

女人选择男人有太多条件，相貌却不在其中；男人选女人却往往只有一个理由，那就是最庸俗地看脸。说到这里，你也许以为我要对男性来一两段批判，不，我在这里，其实只想表达，我对他们的羡慕。

陈丹青说，一个人的外表代表着一个人的终极。就算不说这种高大上的理论了，爱美之心，人皆有之，外表是最直接最有冲击力的东西。漂亮的包包、衣服、家具等等比大路货贵上许多倍，照样有人趋之若鹜，为什么女人择偶时，却会这样地反自然反人性？

我也不是想责备女人，相反，作为她们中间的一分子，我非常理解大家对于相貌的不做要求，因为，我们能要求得了吗？

在我都不能说已经完全结束的时代里，女人的命运由她所嫁的那个男人决定，你选择的不只是一个男人，还是整个下半生，这种情况下，怎能不小心取舍，避开风险，争取自己的利益最大化？而在规避风险的过程中，相貌，首先被放到了最后。

不错，做成功男人的女人，也有风险，比如被劈腿的风险，失婚的风险，但那种风险，会获得补偿，就算离婚，坐在大 house 里谈判，总好过站在出租屋里交接，选择成功男人，虽说是愿赌服输，但终究还有理性权衡。

有前途的男人，算是准成功人士，可以归并到上面一项里。

而将人品视为首选，就走得更稳妥，虽然不能大富大贵，也谈不上赏心悦目，但日子总能过下去的，你一定听到过，很多女人叹着气说："过日子，不就那么回事吗？"

这所有的选择，背后都站立着两个字："安全"。

至于帅哥，他们是让你荷尔蒙激增的一类，让你在办公室里无耻舔屏的一类，却不是能让你勇敢地说出"我愿意"的那一类。安全感都好不到哪里去的女人们惊魂未定，哪有余力不计其余地犒赏自己？人生里就那么点选择权，一步走错全盘皆输，女人跟男人差别是，她们洗牌重来的机会要少得多。

于是，相貌被排到了最后，要在前面几项都一一妥帖之后，才能小心地赏自己的那一点甜。虽然"小鲜肉"这两年已然成为娱记们笔下的热词，但是，你要认真研究一下，就会发现，哪个"小鲜肉"不是靠演霸道总裁或者是清宫里的数字党起家的？要是他们从头到尾像《罗马假日》里的格里高利·派克那样，仅仅是一个有趣的逗比，我不相信，他们能够单凭自己的皮相，掀起女人们心中的涟漪。

有买方才有卖方，当女人们通过实际行动表现出对男人相貌毫不介怀之后，男人若还把精力放在相貌上，那实在是有点不明智。社会形成了一种默契，我们过去的说法叫做"郎才女貌"，现在则更直接一点，"你负责貌美如花，我负责挣钱养家"，如此，各得其所，皆大欢喜。

那么，今年怎么会冒出"中国男人为什么这么丑"这种问题来了呢？我想是因为有能力挣钱养家的女人增多了，女人的安全感增加了。放弃对于形象的要求，本来就是妥协的结果，假如女人有了不妥协的资本，男性的形象，自然不会像那样被集体无视。

不是说，男人都得变身"小鲜肉"，也不是说，要重新掀起一场"何郎傅粉"风潮，不管是男女，说到好看，不只是五官细节，甚至也不完全是穿衣品位，而是那种把自己周身上下弄得干净整洁的努力。比如，不允许自己太胖，不能到油腻腻的时候才去洗头，如果已经地中海了，也不要梳成那种"地方支援中央"的发型，最重要的，是不要随地吐痰，也不要借助性别优势，对于女性口出恶声。

这样的限制也许会引起男性的愤怒——事实上我已经看到了。但束缚也是一种培养，如果在这些龟毛女人的要求下，最终把自己变成一个好看的人，受惠的还是男性本身。把陈丹青的话再说一遍"一个人的外表代表着一个人的终极"，我相信，好看的人一定会对自己的人生更满意一点，而且，当男人变好看，女人也会水涨船高地变得更好看，有谁，不愿意活在一个哪儿哪儿都好看的世界里呢？

中国男人为什么不够暖

一度有一条名为《暖男》的文章在微信朋友圈上非常红，阅读量以数百万计。当然，也立即有很多文章出来，指出这文章的各种不客观不全面。我觉得纠缠于文章本身是没有意义的，此文被广泛转发的原因，不是因为它写得多好，而是"暖男"一词击中了无数女人的心，争相转发的行为背后，传达着无数寂寞芳心对于"暖男"的热切呼唤。

没办法，谁让在当今社会，"暖男"是个太过匮乏的种类呢。

我有一个朋友，是个外科大夫，长期以来，他都苦恼于动辄被女患者爱上了。起初我还笑话他这是"优越的无奈"，某次惊闻一女患者居然一厢情愿地为他离了婚，确实也觉得，不是每个人都能享受那种"男神"的感觉。

我的这位朋友，形象中等，医术虽然不错，但在他们医院最不缺各方面的领军人物，他自己都诧异，自己何德何能，会成为这所谓的男神？他自认为唯一的优点，不过是性格比较温和，耐心回答病人的问题，安慰病人低落的情绪，都是小细节，但相对于病人的老公，却显出了十足的暖意。

当医生许多年，他见识过太多的极品男人。有的女患者生病后，老公几乎不露面，请了家里亲戚来陪房；有的女患者原本和老公AA制，手术后，在病床前，老公迫不及待地跟她谈这医药费怎么算；更多的表现没有这么恶劣，也愿意出钱也偶尔陪护，就是懒得搭理病人的那些恐惧忧伤，听烦了，便冲上一句："说这些有什么用，这不是正在治着吗？"在这种情况下，一个耐心倾听开解的医生，成为她们想要伸手抱住的那一束温暖便不足为奇了。

在某次被女患者的老公严重警告之后，自认为清白无辜的医生朋友，发出他的疑问：那些男人，也不是不重视他们的妻子啊，为什么平时他们就不能对自己的老婆好一点呢？

我倒是对这位医生朋友的奇怪感到奇怪，明明是土生土长的中国人，真的不知道，在咱们这块历史悠久文化灿烂的土地上，对老婆好会显得很无聊哎。

那个给老婆画眉的张敞，算是史上最疼爱老婆的一位了，其实他不但疼老婆，也相当能干。《汉书》里说，京兆尹这个官，很不好当，因为京城里高官太多，谁都得罪不起。这个职位，一般人只能做上两三年，有人甚至只能当几个月，但张敞就在这个职位上干得非常久。他赏罚分明，处理得当，非常得皇帝欣赏，但是很不幸，他给妻子画眉这件事，传到了皇帝的耳朵里。

皇帝把他叫去问，张敞很坦然，说，我听说闺房之内，夫妇亲昵的事儿，有的比画眉更过分呢。史书里说，皇帝爱惜他的才能，没有责罚他，但最后也没有再重用他。

这位皇帝很奇怪啊，朝廷官员，大老婆小老婆娶上一大堆的多的是，骄奢淫逸的也多的是，人家给老婆画个眉毛，有什么好责罚的呢？要是这样问，也就太不了解中国特色了，中国的规矩是，男人好点色不算什么，太有爱就不行。

因为色欲是肤浅的，随时可以终止，你看古代守城的将领，危难关头，为了鼓舞士气，常常杀掉"爱妾"给士兵分而食之，仿佛他养那个"爱妾"就是为了作为粮食储备似的，色欲因了这种肤浅，变得好意思了；爱则太深沉，太重大，一个胸有大志的男人，只被允许有一种爱，就是对国家对人民的爱，像张敞这样，爱老婆，还让别人知道自己爱老婆，当然不能成为国民榜样。

在这种思想的指导下，有些男人，即便没那么爱国家社会，起码要把不爱女人的姿态做足，对女人越是冷淡，就显得他们越是道德，好像别人就看不出来他们多出来的那份爱也是给了自己，跟这个国家社会没有一毛钱关系似的。

在《影梅庵忆语》里，冒辟疆详细叙述了他对董小宛的各种恶声恶气、打骂与抛弃，越是这样，董小宛越是感动，跪在那里赞扬他的高风亮节，说"我敬君之心，实逾于爱君之身，您真是鬼神赞叹畏避之身也"。他的朋友则说："辟疆平生无第三件事，头上顶戴父母，眼中只见朋友，疾病妻子无所恤也。"将妻子不放在心上居然是一种美德。

社会太喜欢表彰那些对老婆不太好的男人。就是到了现在，不还有新闻表扬某个科学家，或者某位军人，丢下妻子，一心扑在工作岗位上若干年，这明明是个悲伤的故事，新闻里却歌颂他们的伟大爱情。伟大？能不能先把那王宝钏守寒窑似的日子详细说说？

对了，还有王宝钏，张爱玲说薛平贵将她丢在寒窑里，像一尾放在冰箱里的鱼那样放了十八年，人们还是都说他是个好人，王宝钏还会跟他走。这个故事告诉我们，一个男人，为了事业对老婆冷一点没关系，只要你功成名就，最后不但女人爱你，全社会也都会来爱你。

虽然时代已经改变，那种基因似的东西不会变。现在的男人也许不会随便谈国家社会什么的了，但他们还是更愿意把心思放在工作、牌局和朋友身上，而将老婆往后排，一句经典的台词是：我不也是为了这个家？对，到最后王宝钏也夫贵妻荣了呢。但是，且不说是不是每一个男人都能功成名就，只说，像王宝钏那样，是否就是幸福？

那也许是某些男人心中的幸福，荣华富贵，为人称羡，他们心中的幸福，往往是二手的，要通过他人目光的折射才能形成。他们不能懂得寻常时日的甜美惬意，不懂得一个小细节带来的大温暖，他们摸不到自己的心，如果没有旁观者的目光和世俗标准的衡量，他们往往就不知道幸福是什么。

这是他们疏于经营婚姻关系的原因，他们不觉得一段充满甜蜜细节的婚姻，与枯燥无趣的婚姻，有什么差别。逼急了，他们会辩解说，我们就是这样的嘛，不是说男人来自火星女人来自水星吗？

真的如此吗？我的偶像王蒙先生说，他最喜欢给别人的祝福，就是"家庭幸福身体健康"，他说这两者中家庭幸福比身体健康更重要，家庭要是不幸福，身体也不会太健康。

这位老作家倒是个老暖男，他曾写过，极为困窘的日子里，他也会带着老婆孩子时常去公园坐坐，准备一盘瓜子，一家人有说有笑，各种困顿便如浮云。他对老妻的感情更是令人动容，许多年前他下放劳动不能和妻子相聚，直到暮年，哪怕和妻子睡在一张床上，他还一次次梦见，他和妻子在两辆相对开出的公交车上擦肩而过，他有一本书名为《我又梦见了你》，表达出那一再经历的惆怅。

原配夫人去世后，王蒙先生很快再婚，我倒不觉得是寡情，甚至理解为是对上一场婚姻的充分肯定。若不是在那场婚姻里得到诸多美好体验，他怎么会在复得自由后，迅速再次一头扎进婚姻之中，他固然用他的暖丰富了婚姻，他自己也因此有更多的收获。所以，你看，若能甩开陈腐观念，放弃那么一点自私懒惰，即便是做理性取舍，做个暖男，也很合算。